T0178866

Lxs niñxs de oro de la alquimia sexual

Lxs niñxs de oro de la alquimia sexual

TILSA OTTA

LITERATURA RANDOM HOUSE

Primera edición: noviembre de 2021

© 2020, Tilsa Otta Vildoso
© 2020, Penguin Random House Grupo Editorial, S.A., Lima
© 2021, Penguin Random House Grupo Editorial, S.A.U., Barcelona

Printed in Spain – Impreso en España

ISBN: 978-84-397-3897-8
Depósito legal: B-4.811-2021

Impreso en Egedsa (Sabadell, Barcelona)

RH 3 8 9 7 8

ÍNDICE

«Oh frágil ser humano, ceniza de cenizas y podredumbre de podredumbre: habla y escribe lo que ves y escuchas».

HILDEGARDA DE BINGEN

1. Mono platirrino en el castillo de Neuschwanstein

Exhalo de pronto una sustancia vaporosa de un color extraño, tornasol. Mi tía Verónica y María dirigen sus cuatro ojos hacia mí y preguntan:

—¿Pasa algo?

La esencia levita hasta mi vestido, dejando una mancha fácil de lavar. Supongo que simplemente lo digo, ¿no?

—En la siguiente foto está María con un misionero venezolano haciendo un *tour* por el castillo de Neuschwanstein.

—¿Qué? —exclama María, arrugando la nariz.

Pasa a la siguiente foto y, en efecto, esta muestra un soberbio castillo de piedra en lo alto de una montaña. Y, en primer plano, con el peso del cuerpo recostado en su pierna derecha, cartera al hombro y un pañuelo cubriendo su pelo, está María charlando con un hombre que solo podría ser descrito como un misionero venezolano. Lleva un sombrero de paja y la mira complacido.

—¡¿Qué?! —repite desconcertada.

La tía Verónica ríe y mira a todos lados.

Detrás de María y el misionero se puede observar a una joven que lleva a su hijo de la mano con demasiada prisa. El pequeño parece quejarse por algo relacionado a su mano izquierda. Por último, imposible no mencionarlo, un poco rezagado, un mono platirrino de mediana edad, atento al devenir de la historia, recorre el jardín palaciego.

—¿Cómo lo sabías? ¡Verónica acaba de regresar de Australia con estas fotos!

—¡Y a mí me las dio antes de venir una antigua profesora que no veía hace más de diez años! —añade la tía Verónica.

Me pongo nerviosa y suelto otro fluido brillante sin darme cuenta. Miran mi boca babeada. Supongo que simplemente lo digo, ¿no? ¿Qué más podría decir?

—Anoche tuve un orgasmo tan intenso y luminoso que pude comunicarme con Dios, y él me mostró esa imagen.

Vientos escépticos arrastran una pausa.

—¿Cómo?

—Ay, qué graciosa eres, Cristy.

—¿Qué? ¡Es cierto!

Y parece que no quieren creerlo y hacen lo que quieren, porque no me creen.

—Todos los orgasmos que he tenido esta semana me han permitido acceder a Dios y me han revelado premoniciones detalladas del futuro y de lugares que no existen en esta dimensión.

Mi abuelo me observa mortificado desde la puerta de la cocina. La familia entera me escucha indignada, extremando las medidas de incredulidad. La torta de cumpleaños de Rodolfo irrumpe elevada sobre el brazo de mi hermano y con la vela encendida viaja hasta la mesa. Alguien apaga la luz. Me marcho.

Voy a la casa de Ignacio, pero antes paso por mi departamento. Me quito el vestido manchado de fluidos y me pongo un *jean*, una blusa blanca y un chaleco de lana con una casa x en una callecita x bordada en la espalda. Me lavo los dientes y me miro en el espejo.

—Por supuesto que te creo. He escuchado de un caso semejante en Portugal, además he leído sobre la energía kundalini y la teoría del Orgón.

Justo en ese momento, Trino, el viejo cocker spaniel moteado, acicala felinamente sus patas delanteras.

—Pero la pregunta es: ¿qué podemos hacer con eso? —Ignacio piensa en voz alta, sosteniendo una botella con las dos manos.

—Y hay algo muy importante que todavía no te he contado… —revelo.

Me examina intrigado mientras termina de descorchar el vino. Suena mi celular y me apuro en contestarlo, me excuso con la mirada y giro sutilmente hacia la derecha para mayor privacidad.

—¿Sí? ¿María? Hola, dime… No, yo… no… no tengo la menor idea de qué pudo significar esa visión… Pensé que no me creías.

Sobre la mesa traslúcida de la sala, Ignacio dispone una copa que apunta a mi dirección.

—María, te veo perfectamente bien con Rodolfo, no seas tonta. Además, es su cumpleaños… ¿Qué haces encerrada en tu cuarto?… ¡No! Cómo iba a saber que tuviste un romance con ese misio… Debo irme… Sí, disculpa… Lo siento, María. No debí decirte nada… ¡Sí, yo también quisiera saberlo! La verdad es que en este caso lo más inquietante, para mí, es el mono. Bueno, María, hablamos pronto… Tengo que colgar.

Una risita incómoda y lo miro de frente. Él hace colisionar su copa con la mía. Bebo un sorbo.

—¿Cómo definirías los orgasmos premonitorios, Cristy? ¿Cuáles son sus características?

—Es difícil describirlos…

—¿Puedes experimentarlos con cualquier pareja sexual o solo con sujetos determinados, en circunstancias peculiares?

Bebo otro sorbo.

—Como sabes, Ignacio, tengo una relación con Leo. Esto es un fenómeno reciente, así que no podría decirte si se da con otras «parejas sexuales».

—No quería ofenderte —aduce con una sonrisa falsa.

—Bueno, pero había pensado comentarte algo más interesante, que no le he contado a nadie.

—Cuéntame, por favor.

—Como te dije por teléfono, es Dios quien me revela estas imágenes, me las muestra haciéndolas aparecer como si fueran hologramas. Algunas veces hay movimiento, y otras es una escena estática, como una fotografía.

Ignacio se acerca cada vez más. Siento que se me revuelve el estómago. Continúo.

—Lo mágico de ese instante es que el diálogo entre nosotros es horizontal: me refiero a que estamos lado a lado. Dios y yo. No es un espacio divino ni terrestre. Nos encontramos en un punto medio, el axis mundi… el éxtasis… el… ¡éxtasis mundi! Y el trato es cordial, de iguales.

Noto que Ignacio está perdido en la observación de mi cuello, donde un fluido brillante parece haber discurrido sin yo sentirlo. A pesar de su insistencia, me voy. Bajo corriendo las escaleras y tomo un taxi.

Me siento agotada en la cama, me quito los zapatos y desabrocho mi sostén. Trato de repasar mi primer encuentro con Dios durante un orgasmo. Dios, ¿qué podemos hacer con esto que tenemos? Lo pienso y luego lo pregunto en voz alta, tímidamente, mirando al techo: ¿Qué podemos hacer con este vínculo que hemos establecido?

Voy a la cocina y hojeo un libro sobre escaleras mientras se enfría mi té. Leo aparece por el pasillo y viene a mi encuentro.

—Hola.

Me da un beso.

—¿Fuiste a ver a Ignacio?

—Sí.

—¿Y qué tal? ¿Te ayudó?

—No, me parece un patán. Dime que no te cobró por esa sesión.

—No, me dijo que lo haría como una cortesía, le llamó la atención tu caso. ¿Pero qué pasó?

—No es un caso, Leo.

—Bueno, no te molestes.

Bebo un sorbo de té ya tibio. Enciende el televisor y se sienta en la sala.

—¿Quieres que te haga una infusión?

—No, gracias —responde ofuscado.

Me recuesto junto a él.

—Creo que es más conveniente olvidarnos de mis orgasmos, nos van a complicar la vida… —lo abrazo. Cambia de canal y acaricia mi mano que descansa sobre su pecho.

—Sabes que a mí también me importa… Además, no son tus orgasmos, son *nuestros* orgasmos.

Se detiene en una película sobre dos detectives que naufragan en una isla del Mediterráneo a fines de los sesenta. Nos reímos de un error de continuidad.

—Pero tú no quieres que nadie sepa cómo son los tuyos. ¡No quieres que nadie lo sepa!

Me levanta como si fuera de papel y me sienta sobre él. Nos miramos.

—No, nadie puede saberlo. Cris, prométeme que nunca lo vas a contar.

Acaricio su cara de arriba abajo, como si limpiara una ventana, y sonrío. Me besa y trata de quitarme la blusa. Escapo de sus manos y me alejo de un salto.

—No quiero hacerlo esta noche, no me provoca.

Se pone de pie y camina hacia mí como una fiera al acecho.

—¿No quieres ver a Dios? —pregunta amenazante con una sonrisa tonta.

—¡No!

—¿Por qué? ¿Tú sí quieres…?

Embate hacia mí como un tigre, y amordaza mi boca con fuerza, el ruido seco de su mano contra mi cara resuena en la sala. Entonces me pongo roja y me contengo para no llorar. Leo pide perdón y me besa las manos con devoción y vergüenza. Lo perdono y siento un líquido frío chorreando entre mis dedos. Leo derrama sin querer un vaho irisado sobre mi piel y me mira desconcertado. Observo el icor y sus ojos encendidos, y el mismo hálito comienza a brotar de mi boca. Nos besamos entonces, y una vez más lo hacemos.

2. *Rockstar* del cosmos

«Anoche vi a Leo desnudo observando el vecindario desde la copa de un árbol».

Leo suelta una carcajada y deja mi libreta sobre la mesa de noche.

—¿Qué es esto?

—Estoy anotando mis visiones —tomo la libreta y la guardo dentro del cajón.

—¿Qué vas a hacer con eso? ¿Se lo vas a mostrar a alguien?

—No creo. Es el comienzo de una investigación sobre la relación entre el sexo y el más allá.

—¿Cómo el más allá?

—Lo divino, el milagro, lo desconocido... lo que está adentro.

Se queda en silencio, pensativo.

—¿Recuerdas lo del polvo de estrellas? —intento profundizar.

—¿Qué tiene el polvo de estrellas? —pregunta mientras se quita la camiseta.

—Sí debes haberlo leído, salió en todos lados —insisto mientras se quita el pantalón.

Leo se mete en la cama y Pansi salta a reunirse con él. El gato blanco se recuesta sobre su corazón. Privado de movilidad, mi amante se interna en otro silencio y cierra los ojos.

—¿No ibas a poner algo para ver? —me impacienta un poco su bajo nivel de energía, aunque es medianoche, ok.

—¿Algo para ver? —al menos responde.

—Una serie o una peli...

—¿Qué decías del polvo de estrellas?

Me levanto y pongo mi *laptop* sobre la cama, googleo, encuentro el artículo y leo en voz alta:

—«Prácticamente todo nuestro cuerpo está constituido de materia que provino de las estrellas». ¿Cómo te hace sentir eso?

—Especial —responde Leo sonriendo con los ojos cerrados y abrazando a Pansi como si fuera un peluche para dormir.

Continúo:

—«La posibilidad de estar literalmente conformados por "polvo de estrellas" es una de las ideas más científicamente poéticas que se hayan cultivado. A través de los siglos, más de una voz advirtió esta constitución sideral en el ser humano: "Sé humilde, pues estás hecho de tierra. Sé noble, pues estás hecho de estrellas", reza un antiguo proverbio serbio. A principios del siglo XX, Aleister Crowley promovía la idea…».

—¿Ese no es un satanista?

—Sí —continúo leyendo— «…Crowley promovía la idea de que "cada hombre y cada mujer es una estrella", mientras que ya en tiempos más próximos, el *rockstar* del cosmos, Carl Sagan, advirtió: "El cosmos está también dentro de nosotros. Estamos hechos de la misma sustancia que las estrellas"».

—¿Así dice? ¿El *rockstar* del cosmos?

—Sí.

De pronto, me imagino cubierta de brillantina dorada del mismo tono que la estrella de David que colocaba de niña en la punta del árbol navideño… ¿Será por eso que las mujeres usamos brillos y lentejuelas? ¿Para vernos por fuera como somos por dentro? Es extraño que no hayan usado esta idea en alguna publicidad de cosméticos. Pero nuestro brillo interior no se debe solo a las partículas químicas gaseosas luminosas que nos constituyen, sino también al amor, esa chispa que necesita al menos de dos piedritas para encenderse. Leo es la piedra que me enciende con su contacto, con su fricción… suena un poco vulgar, no lo había pensado así. Lo miro, parece dormido, pero sigue acariciando al gato. Continúo:

—«Si bien desde hace décadas la ciencia ya había insinuado la veracidad de esta idea, en 2010, un profesor de astronomía de la Universidad de Arizona, Chris Impey, fue categórico al confirmar que toda la materia orgánica que contiene carbono se produjo originalmente en las estrellas. El lienzo más antiguo del universo estuvo conformado principalmente por helio e hidrógeno, mientras que el resto de los componentes se crearon, y diseminaron, vía explosiones de supernovas —y así llegaría este polvo de estrellas a la Tierra. Un análisis reciente de la información obtenida mediante el programa de exploración Sloan Digital Sky Survey logró ubicar, en 150 000 estrellas dentro de la Vía Láctea, los elementos que fungen como materia prima de la vida en la Tierra (carbono, hidrógeno, nitrógeno, oxígeno, fósforo y sulfuro). Lo anterior arrojó la conclusión de que el 97 % de la masa del cuerpo humano está conformado por materia procedente de las estrellas».

Ahora parece que sí se durmió. Espero que siga escuchando, es un buen tema para escuchar dormido… seguro los sueños también están hechos de estrellas, pero de su parte intangible, tal vez se forman de los sueños de las estrellas… mmm…Vuelvo a la lectura.

—«¿Qué se siente estar hechos de estrellas?».

Como Leo está dormido pruebo leer con un tono robótico estilo Loquenda. Una oreja de Pansi percibe la mutación y vibra.

—«La posibilidad de intimar en el más profundo de los planos, la constitución misma, con seres que generalmente percibimos tan distantes e impersonales como los astros, tiene importantes implicaciones en la forma en la que nos concebimos, así como en la manera en la que entendemos nuestra relación con el cosmos. Además, y de la mano de otra premisa de Sagan que sentencia: "Somos polvo de estrellas que piensa acerca de las estrellas", incluso podemos cortejar la idea de que contemplar las estrellas sea un ejercicio de introspección, lo cual, por cierto, hace aún más sugestiva nuestra existencia».

Pero, por supuesto, qué lindos son en Pijamasurf. Me quito la ropa y me acuesto junto a Leo y Pansi. Los dos son muy suaves y esponjosos como una nebulosa. Me sumerjo entre ellos, me adentro en su respiración muy cálida. Estiro mi cuerpo como una supernova que cruza el cielo y apago la luz.

3. Los misterios de Leo

Aunque suene raro, es un alivio despertar pensando en otra cosa que no sean visiones del futuro. Los martes Leo juega fútbol con sus amigos y regresa cansado. Estoy ciento por ciento en el presente, lavando ropa a mano porque la lavadora se ha estropeado mientras escucho un *playlist* tropical que me sugiere Spotify. De camino a Cosmos me detendré en el parque y tomaré sol por diez o quince minutos. Eso es el presente. Me gusta tener una vida sencilla. Hablar de mi «don» solo me trae problemas. Mi familia piensa que estoy loquita, Ignacio me acosa por WhatsApp… No se lo he contado a Leo, no sé por qué protejo a ese imbécil. Me pregunta cómo voy, cuándo lo visito de nuevo, dice que tiene información que podría interesarme, que podría ayudarme a comprender lo que estoy experimentando. No voy a negar que me da curiosidad, pero me repugna que use constantemente el emoji ;). Realmente necesito hablar de esto con alguien que pueda darme luces sobre el tema.

Desde el cumpleaños de Rodolfo no he respondido mensajes de mi familia. Me dolió cómo me juzgaron cuando compartí la visión de la foto del misionero. Cero empatía. Unos se enojaron, otros se burlaron de mí. Solo María me creyó porque sigue enamorada de ese hombre en secreto y tomó mi vaticinio como una señal romántica. Tampoco le respondo las llamadas, está obsesionada y pone en riesgo su matrimonio con Rodolfo, que me cae muy bien. Me da pena, porque además está Mateo que solo tiene dos años. Además, no tengo más que decirle, no he tenido más visiones que la incluyan y espero no saber nada más sobre el futuro de mi familia. Pero hoy que entré al Facebook vi que mi madre puso Me gusta en varias de mis publicaciones, y me conmueve porque ella casi no lo usa. Es una forma de decirme que me extraña.

Llego a las 9.15 a. m. a Cosmos y unas chicas me están esperando afuera. Son las del grupo de teatro. Apuro el paso.

—¿Cristy?

—¡Sí! Disculpen, chicas, ¿llegaron hace rato?

—No, acabamos de llegar. Yo soy Elisa —se acerca y me da un beso.

Su amiga hace lo mismo: Hiedra.

Abro la puerta y las hago pasar. Prendo todas las luces y recojo una botella de cerveza vacía que está junto al parlante.

—Miren, este es el lugar. Pueden usar este espacio grande, el estudio de allá e incluso el baño. Como es gigante, la gente a veces lo emplea como área de exposiciones o para acciones.

Recorren el lugar con miradas aprobatorias.

—Ya, mostro.

—¡Aquí podría estar el coro! —le sugiere eufórica Hiedra a Elisa.

—¿Es un musical? ¡Qué paja! —celebro. Me encantan los musicales: *Grease, Hairspray*…

—No exactamente —responde Elisa—. Va a haber un coro griego que refuerza ciertas partes de la historia.

—Ah… ¿cómo se llama la obra? Disculpen, tengo pésima memoria.

—*Cyceón* —responde Hiedra.

—¿Qué significa?

—Era una bebida mágica que tomaban los griegos. Está en el PDF que te mandamos.

—Ah… —finjo recordar, un poco avergonzada— no lo leí todo.

—Se bebía en los rituales de los Misterios de Eleusis, se supone que te ayudaba a entrar en contacto con las diosas —amplía Elisa.

Me quedo estupefacta. Entonces esta es una obra mística sobre entrar en contacto con diosas. ¿Estaré atrayendo estos temas? ¿Serán estas chicas aliadas en mi aprendizaje? ¿Habrán entrado en contacto con dioses o solo están representando una obra que les gustó? Las observo conversar sobre desplazamientos y ubicaciones. No logro determinar con solo verlas si han sido tocadas por la divinidad, la gente tampoco parece notarlo en mí...

—Hablando de bebidas mágicas... —Hiedra se acerca hacia mí.

—¿Sí? —mi corazón se paraliza, atento a sus próximas palabras.

—¿Podemos vender chela?

Mi corazón reanuda su marcha murmurando groserías.

—La chela la vendemos nosotros.

—Ah, ya, solo quería confirmar.

—¿Esta obra la escribieron ustedes?

—No, es de un dramaturgo noruego. Joachim Voght.

Ni idea, pero apenas se van corro a anotar «Misterios de Eleusis» en mi cuaderno. Llegando a casa lo busco.

Ciceó (cyceón): bebida enteógena de constitución misteriosa, aunque se dice que estaba hecha de polvo de cebada, agua y menta (según el Himno Homérico). La diosa Deméter la pidió a cambio de vino en el palacio de Eleusius. Según Carl Ruck y Albert Hoffman (quien descubrió el LSD), el componente activo de cyceón es el hongo del cornezuelo de centeno (Claviceps purpurea), que parasita las espigas de los cereales y algunas hierbas silvestres.

Epopteia: Palabra griega que designaba el grado de iniciación más alto en los Misterios de Eleusis, contemplación de lo divino. Los participantes en estos Misterios se distinguían por su grado de iniciación en el culto. Una de las exigencias de esta práctica religiosa era el guardar secreto sobre los rituales, bajo penas muy severas, de manera que es muy poco lo que se sabe de estos. Sin embargo, sí se sabe que la epopteia no se alcanzaba al menos hasta un año después de la primera iniciación. El ritual de la epopteia se llevaba a cabo durante los Grandes Misterios, celebrados en el mes de Boédromion, época de siembra, en que se recordaba el descenso de Perséfone al Hades, es decir, al mundo de los muertos.

En el momento más elevado de la liturgia (epifanía) el mystes contempla a las diosas en todo su esplendor y se convierte en Epoptes (el que ha visto). Obtener la epopteia está relacionado a las tecnologías del éxtasis.

¿Y si Leo tiene razón y es mejor guardar el secreto sobre nuestro contacto con Dios? No es que yo quiera gritar a los cuatro vientos que soy Epoptes o algo así, pero necesito entender y saber cómo debo proceder, si se espera algo de mí, si he de ayudar a la humanidad con esta habilidad congénita que me ha sido otorgada. ¿Y por qué me han elegido? ¿Mi epopteia va a parar? ¿Se va a transformar? Tengo decenas de preguntas, cada día surge una nueva y la agrego a la lista. Y además de las mías, formulo las de Leo. Me pregunto qué preguntas se hace, si es posible que no piense en ello en absoluto como quiere aparentar. Sin duda sus orgasmos son más extraordinarios que los míos, más sobrenaturales y ha de ser sobrecogedor experimentarlos, aunque no tanto como para dejar de tirar todas las noches… Su reciente afición por *X-Men* parece ser una forma de reconocer que tiene un poder paranormal; creo que es saludable que al menos lea esos cómics y vea esas películas. Lo que me preocupa es que se niegue a hablarlo conmigo que soy su pareja y estoy atravesando una situación semejante. Siento que se cierra emocionalmente y me hace cuestionarme si acaso hay otros asuntos irresueltos que no logra expresar. Espero que sea feliz conmigo, parece serlo. Cómo me gustaría encontrarle un profesor Xavier, seguro se abriría con él. Siento que los hombres se ven beneficiados psicológicamente por los arquetipos masculinos que presentan los cómics; encuentran cierta satisfacción y esperanza en esos personajes invencibles, fuertes, leales, simpáticos y bastante simples, por lo general.

4. El ser humano puede ver el futuro

Anoche vi un grupo de gente en una cueva oscura realizando un ritual extraño. Quiero anotarlo en mi archivo, pero parece que las copas de vino que tomé antes de hacer el amor le restaron detalles a esta premonición, una de las más enigmáticas que he tenido. En la penumbra distinguí objetos brillantes de colores y juguetes sexuales, sentí una atmósfera de euforia... Estoy ahí, yo estaba ahí, en la cueva con esas personas. Un mensaje de WhatsApp interrumpe mi concentración, es de Ignacio: «Precognición y premonición. El ser humano puede ver el futuro. Ver teoría de la sincronicidad de Carl Jung ;)». Agg, ¡estoy harta de ese tipo! Lo voy a bloquear. Justo ayer leí sobre la sincronicidad y el azar objetivo. Mi vida se ha convertido en una sucesión de coincidencias a tal punto que crece en mí la sospecha de que incluso mi nacimiento es una coincidencia, hace falta descubrir con qué, comienza a hacerme falta. Estar viva es una coincidencia con el estar vivo de todos, claro. Puedo conocer a alguien y decirle: «Estás vivo. ¡Yo también! ¡Qué coincidencia!». Y no sería errado, sino más bien algo alegre y amable; sería agradable para la humanidad hacer evidente esta casualidad absurda: compartimos el aire, el tiempo, la tierra, coincidimos en las ondas electromagnéticas, en el desastre, en el mar final luego de recorrer las interminables tuberías de la existencia y el brillo. Sé que no hay información oficial sobre estos asuntos, pero no me interesa la validación de la comunidad científica, esto es para mí y lo haré a mi modo. ¿Voy a transformar mi experiencia vital en una pseudociencia para mi propio estudio? Pues parece que sí. ¡Allá voy!

Desde mañana grabaré mis reflexiones, ordenaré y clasificaré metódicamente mis apuntes y la información que he recabado hasta el momento. Armaré un archivo secreto al que ni siquiera Leo tendrá acceso. Seré una estudiante de lo oculto, una verdadera vidente profesional, una reportera del futuro. Dios, solo contigo compartiré estos archivos, aunque no tendrás permiso para editar.

5. Mi mamá me cree

Anoche vi a una mujer muy grande, alta, imponente, pelirroja. Abría sus brazos para darme cobijo y yo iba hacia ella. Me sentí protegida, comprendida. No sé quién es esa mujer, pero no puedo esperar a encontrarla. Era como una madre. Eso me hace extrañar a la mía y decido llamarla. Saco el teléfono de mi cartera y, cuando estoy seleccionando su contacto, el teléfono timbra y es ella.

—¿Mamá?

—Cristy.

—Mamá, justo te iba a llamar.

—¿Y por qué no me llamaste?

—Porque tú me llamaste antes….

—Si tú lo dices…

—Mamá, no estoy mintiendo. Te extraño. ¿Almorzamos esta semana?

—Sí, hijita, también te estoy extrañando. ¿Puedes hoy?

—Sí. ¿Quieres salir?

—Ven a la casa, preparo algo rico.

—Pero estaremos las dos nomás, ¿no? ¿O es reunión familiar?

—Tú ven, va a estar Verónica. No debes tenerle miedo a tu familia.

—No es miedo… voy a eso de la una. ¿Llevo algo?

—Trae un postre.

—Ya.

—Con chocolate.

—Ya, mamá, un beso.

Me pongo un vestido de flores y unas sandalias casi nuevas. El día está lindo. Respondo unos correos, le sirvo agua y comida a Pansi y salgo hacia Cosmos. Tenemos una reunión para armar la agenda de mayo. Agilizo el planeamiento para llegar temprano a casa de mi madre.

—¡Qué regia! A ver, una vuelta —dejo que la tía Verónica me haga girar. A mi mamá le gusta mi vestido, tal como imaginé. Nos abrazamos.

Comemos ensalada de verduras y lomo saltado. Hablamos de unos vecinos que hacen fiestas hasta muy tarde y analizamos cuál sería la mejor forma de proceder. Me felicitan porque salió un reportaje sobre Cosmos en el noticiero (aunque piensan que estaba muy seria y no me veía tan simpática como soy en realidad, comentamos que tal vez es por los nervios), me cuentan sobre las peleas de María y Rodolfo… está entretenida la charla hasta que Verónica no puede con su genio y me pregunta muy casual:

—Cristy, cuéntanos tu truco. ¿Cómo adivinaste la foto de María ese día?

—Verónica… —interrumpe tardíamente mi madre.

—Está bien, mamá, no tengo problema en contarles, creo que ustedes tienen problemas en creerme.

Mamá me mira con cierto reproche.

—Es lo que les dije la otra vez. Cada vez que tengo un orgasmo tengo visiones del futuro.

—La otra vez dijiste que Dios te comunicaba esas visiones, por eso nos pareció inadecuado —precisa mi madre.

—Pero es que es así.

—Para hablar de Dios hay que tener cuidado y respeto, no puedes difundir milagros o apariciones con esa ligereza, Cristy —complementa Verónica—. Sabes que eso se considera sacrilegio, ¿no?

—Tía, como sabes, no soy católica y lo digo con el mayor respeto. Cuando hablo de Dios me refiero a la fuerza divina creadora, sea cual sea, la que conoce el futuro porque lo ha experimentado todo… —me estoy enredando, quiero expresarme bien y ser convincente, pero es difícil porque ni yo entiendo.

Mi madre se levanta de la mesa, temo que esté enfadada y la sigo a la cocina. Saca el mousse de la refrigeradora y lo pone sobre la alacena.

—¡Qué rico se ve! ¿Cómo se llama este manjar? —abre con emoción la envoltura de papel manteca.

—Mousse de chocolate —respondo, sacando platitos de la vitrina.

Regresa al comedor muy animada llevando el postre; me da miedo.

—Vamos a la sala, Vero. Mira este mousse de chocolate que nos trajo Cristy.

Nos sentamos en la sala y mamá reparte con delicadeza el postre en los tres platitos. Yo no alcanzo a terminar mi plato y aún pienso en las tres papas fritas y los dos pedazos de carne jugosos que quedaron abandonados.

—Cristy, tú sabes que yo te creo, confío en tu palabra. Siempre has sido sincera —me dice mamá pasándome el plato.

—Yo también te creo, mi amor —se sube al carro la tía Verónica.

—Parece que has recibido un regalo muy especial de arriba y debes apreciarlo. Yo no sé mucho de esas cosas porque no me ha tocado, pero conozco a alguien que puede ayudarte y escucharte y apoyarte…

Observo asombrada el rumbo de la conversación mientras saboreo el chocolate cremoso.

—En la parroquia hay un padre que es experto en estos temas, incluso ha realizado algunos exorcismos, se llama Antonio Moscoso. Ya le comenté que nos gustaría visitarlo. ¿Qué dices? ¿Vamos juntas?

Pruebo otra cucharada… tanto la tía como mamá se ven muy entusiasmadas… parece el inicio de una película de terror.

—Ya, pues, vamos.

Terminamos el postre entre coordinaciones para la próxima visita al padre Antonio. Antes de irme corro a la mesa del comedor y me como los dos pedacitos de lomo frío. Me chupo los dedos para borrar las huellas y salgo a despedirme.

6. Teofanía

Despierto a las diez y media con resaca. Pansi está a mi lado durmiendo y Leo está viendo caricaturas, al parecer, en la sala. Le escribo por WhatsApp y le pido que me traiga el desayuno a la cama, *plis*. Recuerdo que tengo que encontrarme después de la misa de las once con mi madre y el padre Antonio en la Iglesia del Sagrado Corazón de María. Qué flojera, va a ser muy incómodo.

—¡Leooo! —grito con la boca reseca.

Leo entra a la habitación con el *short* viejo y el polo percudido que usa de pijama, trayendo un vaso de agua y un plátano, podría ser peor. Se sienta a mi lado y me entrega el agua, la bebo de un sorbo.

—¿No tienes resaca? —le pregunto jalándolo de vuelta a la cama.

—No —responde con aplomo, resistiéndose y poniéndose de pie—. Yo tomé un par de chelas nomás, no como otras... —me mira de reojo con fingida reprobación.

—Tengo que ir a la Iglesia del Sagrado Corazón de María, ¿puedes creerlo? ¡Mi mamá me convenció de entrevistarme con un cura para contarle mis visiones!

—Sí, me contaste ayer, borrachita. Te tienes que bañar.

—Obviamente... Ay, qué pereza, ¡¡no quiero ir!!

—Sí, qué palta... —comenta riéndose el maldito— ¿Por qué no llevas a Pansi? —molesta al pobre gato jalándole la patita trasera.

—¿Para qué lo voy a llevar?

—Para que lo bauticen —responde con cara de lógica.

—¡Cállate! Pansi es ateo —concluyo levantándolo en mis brazos y mirándolo a la cara.

La plática continúa en ese grado de estupidez por unos segundos interminables para Pansi, hasta que logra zafarse y va a su cama a retomar el sueño. Me levanto, cumpliendo mi promesa de hija, me baño, tomo un vaso de yogur griego con mermelada de fresa, me pongo un pantalón negro y un polo fucsia de manga larga, me lavo los dientes como si fuera la última vez, beso a Leo y salgo corriendo. Tomo un taxi, estoy sudando cuando llego a la iglesia. La misa está terminando, me refresco en una fuentecita de agua bendita que encuentro en la entrada. Saco el espejo y constato que luzco decente. Cuando casi toda la gente se ha retirado, veo a mi madre conversando con el padre y dos señoras ancianas que, presumo, son sus *fans*, sus favoritas o simplemente viejas amigas. Me oculto tras una columna hasta que las damas se van, entonces emerjo muy casual y me acerco a ellos.

—Buenos días.

—¡Cristy! Qué bien que viniste. Te presento al padre Antonio. Padre, ella es mi hija Cristy.

—Un gusto, hijita —me abraza con calidez.

—Los voy a dejar para que conversen tranquilos. Cristy, el miércoles va a haber un almuerzo por el aniversario de Chabela y Carlos en la casa de Nury, te esperamos.

Mi madre me da un beso, le estrecha la mano afectuosamente al padre Antonio y se marcha presurosa. Yo sé que se va porque le da vergüenza oírme hablar de mis orgasmos, de lo contrario se quedaría escuchando cada detalle.

—Entonces tú eres la chica de las premoniciones —dice el padre mirándome a los ojos con curiosidad, auscultando el alcance de mi visión.

Hago una mueca que podría subtitularse como «Es mi vida, ¿qué puedo hacer si ella me eligió?», él sonríe indulgente.

—¿Quiere sentarse, padre? —pregunto, acercándome a la primera banca, insinuando que tengo consideración por su edad. La realidad es que la mala noche me está pasando factura y me cuesta mantenerme en pie.

—Mejor salimos. A la vuelta hay una heladería muy buena. Son helados de pura fruta, artesanales —comenta mientras se dirige a la puerta.

—Ah, bueno. Vamos.

Salimos al sol y el padre se acerca a un muchacho que le está cuidando el auto. Le habla brevemente y le da unas monedas. Damos la vuelta a la manzana caminando a paso lento. Me cae bien el señor, es buena onda.

La heladería es pequeña, solo tiene tres mesitas, dos neveras con sabores y un empleado que está viendo un partido de fútbol en una mini TV portátil. En las paredes hay frutas pintadas con acrílico brillante. Todas sonríen excepto el racimo de uvas, que no tiene rostro.

—¿Cuál vas a pedir? —me pregunta el padre—. Yo siempre pido coco.

—Sí, pues —confirma el chico con complicidad—. Usted siempre pide coco.

—Yo voy a pedir de uva.

El chico toma dos conos y los rellena. Los músculos de su brazo derecho están marcados de tanto remover los helados con la cuchara de metal.

—¿Sabes por qué las uvas no sonríen? —no puedo evitar preguntar.

El joven me mira confundido y luego observa el dibujo de las uvas, como si no se hubiera dado cuenta a pesar de pasar gran parte de su tiempo en este espacio reducido.

—No sabría decirle, señorita… —nos entrega los helados.

—Tal vez están feas y por eso no sonríen —bromea el padre y suelta una carcajada.

—No —el chico se pone serio—, todos los sabores están ricos, padre. Si no le gusta le devolvemos su dinero. ¿Quiere probar la uva?

Pruebo mi helado y, para tranquilizar al empleado, comento:

—Está muy bueno.

Nos sentamos en una mesita redonda perfecta para dos.

—Ahora sí, cuéntame.

Entonces le hablo sobre los orgasmos que tengo con mi novio y le ejemplifico relatando algunas visiones. Hago énfasis en las que ya se cumplieron para dejar constancia de la veracidad de mis premoniciones: la renuncia del primer ministro israelí por un escándalo de corrupción, la serie sobre la vida de Luis Miguel emitida por Netflix, la foto donde salía María con el misionero, entre otras.

El padre Antonio escucha con atención sin interrumpir ni una sola vez. Cuando termino mi reporte me dice que lo que experimento no es una teofanía, pues no he visto el rostro de Dios; que es posible que tenga dones de adivinación, pero no califica como una aparición, que es lo que le había comentado mi madre.

—Es Dios quien me da acceso a estas imágenes. En el momento del clímax aparece una luz blanca de bordes naranjas, sé que es la manifestación de Dios, pues se dirige a mí sin necesidad de emplear palabras, hace un gesto de saludo y luego proyecta las imágenes del futuro. Como si fuera el presentador de un programa de televisión y pasara a un video, más o menos.

—Lo que me cuentas me recuerda a Hildegarda de Bingen.

—¿Cómo se escribe? Quiero anotarlo —saco mi libreta y un lapicero.

—H de helado, I de iglesia, L de luz, D de diócesis, E de espinas, G de galletas, A de amor, R de rosa, D de dulce, A de Ave María.

—Ok...

—Y el apellido es De Bingen, separado. De... Bingen. B de bondad, I de incienso, N de navidad, G de guillotina, E de edén, N de naturaleza.

Dejo mi libreta y la pluma sobre la mesa.

—¿Qué le pasaba a ella?

—Qué no le pasaba... —bromea el padre arqueando las cejas—. Hildegarda tenía visiones que, según relata en su obra magna *Scivias*, le eran comunicadas por una teofanía luminosa a la cual llamaba «sombra de la luz viviente». La conocían como la Sibila del Rin. ¿Sabes qué es una sibila?

—Sí.

—También le decían la profetisa teutónica. Fue una gran compositora, médica, escritora, una mujer muy cultivada. Podría ser una inspiración para ti. Intenta canalizar esos dones y orientarlos a la sabiduría y la bondad.

—¿Dónde puedo averiguar más sobre ella?

—En la biblioteca del Convento de San Francisco, seguramente. No pierdas la oportunidad de visitarla. ¿Sabes que ha sido considerada una de las bibliotecas más bellas del mundo por la famosa revista *National Geographic*? Recién lo publicaron.

—No sabía... muchas gracias... padre.

—¿Qué te pareció el helado? Bueno, ¿no?

—Sí, muy rico.

—Por último —baja el volumen, se inclina un poco hacia mí y agrega, con la mirada fija en un punto entre un árbol escuálido y un auto estacionado en la calle luminosa—, me tomo la libertad de recomendarte que no cuentes esto, que seas discreta, no solo porque los logros del aprendizaje espiritual hay que guardarlos para uno mismo, sino porque corresponde a la esfera de tu vida sexual, y eso es un asunto privado.

—Sí. No lo cuento a cualquiera.

Intempestivamente, se pone de pie y apoya la palma de su mano en mi espalda.

—Bueno, vamos, ¿no? ¿O quieres otro helado?

—No, vamos —me pongo de pie—. Mil gracias por su tiempo.

—A mí me encanta escuchar estas cosas, hay milagros ocultos por todos lados y me siento privilegiado de ser testigo. Así que cuando quieras, ya sabes dónde estoy... ¡en la heladería!
—nos matamos de risa.

7. Wikipedia otra vez
(habla y escribe lo que ves y escuchas)

Regreso a casa hecha un estropajo. Leo no está. Pansi
está en la cama, para variar. Me acuesto junto a él y abro
mi *laptop*. Googleo «Hildegarda de Bingen» y me dirijo
a Wikipedia. Algún día conoceré esa linda biblioteca que
me recomendó el padre Antonio, hoy investigo desde la
comodidad de mi cama:

El nombre Scivias *es una forma abreviada del latín «Scito vias*
Domini» que significa «Conoce los caminos del Señor». Esta obra fue
inspirada tras una visión tenida por Hildegarda a la edad de cuarenta
y dos años, esto es, hacia 1141, en la cual aseguraba haber asistido a
una teofanía que le ordenaba escribir lo que percibiera:

«Oh frágil ser humano, ceniza de cenizas y podredumbre de
podredumbre: habla y escribe lo que ves y escuchas».

Dividida en tres libros, en esta obra describe las veintiséis visiones
que tuvo, las cuales se encuentran ilustradas en los manuscritos
conservados, sirviendo de alegoría y medio de explicación de los
principales dogmas del catolicismo y la Iglesia de una manera más
o menos sistemática. Tras la descripción de cada visión cargada de
un complicado simbolismo, la voz celestial pasa a explicar su signi-
ficado. De esta manera recorre los temas de «la majestad divina, la
Trinidad, la Creación, la caída de Lucifer y Adán, las etapas de la
historia de la salvación, la Iglesia y los sacramentos, el Juicio Final
y el mundo futuro».

«No oigo estas cosas ni con los oídos corporales ni con los pensa-
mientos de mi corazón, ni percibo nada por el encuentro de mis cinco

sentidos, sino en el alma, con los exteriores abiertos, de tal manera que nunca he sufrido la ausencia del éxtasis. Veo estas cosas despierta, tanto de día como de noche». Hildegarda al monje Guibert.

La jerarquía angélica. Visión sexta del libro del *Scivias*. Códice de Wiesbaden. Facsímil de 1927.

Tales visiones siempre se acompañaban de manifestaciones lumínicas, de hecho, los mandatos divinos que recibía provenían de una teofanía luminosa a la que nombra «sombra de la luz viviente» (umbra viventis lucis) y es esta luz a la que nombra en la introducción del Scivias *y de* Liber divinorum operum *como la que toma voz para ordenarle poner por escrito cuanto experimenta.*

(...) Ordinariamente estas visiones venían acompañadas de trastornos físicos para la abadesa como debilidad, dolor y, en algunos casos, rigidez muscular.

Lo anterior ha llevado a algunos estudiosos a buscar causas neurológicas, fisiológicas e incluso psicológicas para las visiones de esta mujer medieval, siendo una de las respuestas médicas más difundida que sufría un cuadro crónico de migraña, teoría esta última propuesta por el historiador de la medicina Charles Singer y popularizada por Oliver Sacks.

Típico, un grupo de hombres quiere desestimar los logros de una mujer aduciendo algún tipo de demencia o enfermedad neurológica. En mi caso qué dirían, ¿delirio por ninfomanía? Pobre Hilde, sus visiones estaban envueltas en dolor mientras las mías están glaseadas en placer. ¡Oh, sombra de la luz viviente! Tal vez Dios es un ente que fecunda al mundo, así como las abejas a las flores. Así como hace brotar agua de los montes y arcoíris en el cielo, nos siembra orgasmos y placeres, ideas y tormentos, y de estos emergen nuevas posibilidades. De cada orgasmo que Dios me da, un milagro hace origami con el tiempo creando figuras de incomparable belleza.

Las visiones de esta mujer medieval han trascendido su vida humana y resuenan en la eternidad. Es un modelo para mí. Me reafirmo en la importancia de llevar un registro esmerado de mis premoniciones. Voy a comprar un cuaderno lindo, aunque prefiero hacerlo a mano, con una bella caligrafía. ¡Oh, frágil ser humano: habla y escribe lo que ves y escuchas! Las reflexiones en audio quedan cada vez mejor, estoy ganando soltura y facilidad de palabra. Mientras más convicción y seguridad obtengo respecto a esta empresa, mayor es la reverberación de mi voz, más vasta y enigmática su sonoridad.

Tengo tanto sueño, pero busco la música de Hildegarda en Youtube y pongo el disco *The Origin of Fire – Music and Visions of Hildegard von Bingen*. Es muy hermoso, me llena de paz. El usuario que lo subió tuvo a bien acompañar los celestiales cánticos con fotos de paisajes naturales que quitan el aliento. Alrededor del tercer tema me quedo dormida: *Antiphon; o quam mirabilis est.*

8. Si no una maestra, al menos una compañera

Anoche me vi eligiendo *toppings* para un yogur helado. No fue fácil, pero escogí Ferrero Rocher, muesli y fresas. Resultó muy agradable contemplar todas las opciones mientras me venía, pues generó una especie de sinestesia por medio de la cual mi orgasmo fue bañado por los *toppings* deliciosos. Es mi tipo de visión preferida: algo cotidiano, entretenido, colorido y sin mayores consecuencias.

En la mañana voy al yoga después de tiempo y me doy con la sorpresa de que en lugar de Carolina está una profesora nueva que se presenta como María Elena. Me parece conocida. Su clase resulta menos exigente que la de Carolina, sin embargo, es muy rigurosa con las posturas. Está muy pendiente de todos, corrigiendo con paciencia y gentileza. Durante el savasana hace un comentario acerca de despertar el tercer ojo para expandir nuestra percepción que me toca especialmente pues necesito con urgencia hablar con alguien sensible de lo que me está pasando. Leo está tan sobrepasado por sus propios orgasmos que no muestra ninguna disposición para explorar este asunto conmigo y hallar explicaciones. Encima, me sigue recomendando hablar con su amigo Ignacio, y el imbécil intentó besarme erotizando mi condición sin ningún profesionalismo. No hace falta ser un erudito para saber que el yoga y la meditación son las vías naturales más poderosas para activar la glándula pineal y con ello abrir la puerta de la percepción humana a otras temporalidades y dimensiones, por lo cual creo que María Elena podría ser la persona que estoy esperando. Si no una maestra, al menos una compañera.

Espero que todos se retiren y me acerco a ella, que al parecer tiene otra clase a continuación. Busca un *playlist ad hoc* en su teléfono, conectado a un parlante por *bluetooth*. La música es relajante, la banda sonora perfecta para presentarme con un semblante calmo y confiable.

—Hola, María Elena, gracias por la clase.

—Gracias a ti —me obsequia una sonrisa franca—. ¿Cuál es tu nombre?

—Cristy. Me pareció muy interesante lo que comentaste sobre abrir la percepción. Siento que estoy en ese camino.

Su mirada se ilumina, cambiando a una tonalidad ámbar.

—Me alegro mucho.

Una impertinente practicante de yoga llega muy temprano, saluda y despliega su mat en silencio.

—¿Otro día podemos seguir hablando sobre esto?

—Claro, será un gusto… Cristy, ¿verdad?

—Sí —saco una tarjeta de mi bolso y se la entrego—. Gracias nuevamente. ¡Nos vemos!

Me voy caminando llena de energía, transpirada y contenta, sintiendo que he encontrado una cómplice.

9. En la rocola tornasol suena «Glándula pineal»

Un tipo se ha puesto insoportable y tendré que pedirle que se retire. Todo ha ido perfecto, la gente baila feliz, los Dj excelentes. El evento ha salido increíble, una serie de conferencias sobre permacultura, preparación física para viajes largos, autodefensa para mujeres, tatuajes poke, arduino, entre otras. Pero, para variar, alguien que no sabe administrar su bebida se pone a incomodar a los demás. Se le han caído dos vasos de la mano y una botella de cerveza, provocando a su paso charcos de suciedad y haciendo comentarios fuera de lugar. Alguien me dice que se llama Jorge y que ha bebido muchas chelas artesanales gratis. Le doy mi chela a Lucifer y me acerco al tipo este, que insiste en sacar a bailar a una chica que no quiere.

—Disculpa, Jorge, ¿puedes acompañarme? —intento ser discreta.

—¿A dónde? ¿Qué quieres hacer? —Jorge no tiene idea de lo que pasa.

Tomándolo sutilmente del antebrazo busco llevarlo hacia a la salida. La chica que no quiere bailar observa el curso de los acontecimientos preocupada, por mí, claro. Jorge no le quita los ojos de encima y se resiste a moverse. Lo suelto. No sé qué hacer, alguna gente nos mira. Regreso con Lucifer y Avey, lucen apenados por mi fracaso. Estamos haciendo lluvia de ideas para solucionar esta situación cuando Jorge aparece atrás de mí y, tambaleándose, me da toques en la espalda. Al girar me doy con su cara deformada por el alcohol.

—Amiga, ¿de dónde nos conocemos?

—No nos conocemos.

—¿A dónde querías llevarme?

Trago saliva, esto es incómodo, Avey no puede evitar reír bajito.

—Nos parece que has bebido mucho, ¿no quieres que te pidamos un taxi para que vayas a tu casa?

Jorge cambia su actitud en un segundo, sus cejas se empinan en una mueca de indignación.

—¿Quiénes dicen? ¿De quiénes hablas?

Avey da un paso adelante.

—De nosotros, que administramos el espacio. Queremos que todos se sientan bien y estén cómodos.

—Me siento bien, ¡gracias! —grita Jorge, entre molesto y celebrando la vida, levantando su botella con tal ímpetu que se le cae de las manos y se estrella contra el suelo. El líquido baña la extensión que conectaba el equipo de sonido y las bocinas, hay un sonido fulminante, una pequeña chispa y luego silencio. ¿Cortocircuito o qué?

—La conchasumadre —dice Lucifer.

—Ohhhh —corean los presentes decepcionados.

El Dj se quita los audífonos y nos mira. Las luces titilan. Jorge se retira calladito.

Marco se acerca con aires de solución.

—No es cortocircuito, es la extensión nomás. Voy a ver si la consola sigue funcionando —se va y conversa con el Dj, mueven algunos cables y asienten complacidos. Regresa—. Ya, está bien el equipo. Hay que traer otra extensión porque no llega a la cocina.

—Creo que no hay otra… —dice Avey.

—Sí, es la única —confirmo.

—¡Musicaaa! —gritan unas chicas que bailaban en círculo.

—¡Reguetón! —aprovecha para gritar una pareja de chicos gays, que igual estaba perreando la música electrónica que sonaba antes.

Me ofrezco a ir al toque por una y salgo de Cosmos casi trotando. Camino tres cuadras a la ferretería más cercana y la encuentro cerrada. Claro, son las once de la noche, no pensé en eso… debe haber un centro comercial o un supermercado abierto 24 horas. Googleo. El buscador me sugiere el minimarket D'Todito, a 1.9 kilómetros. Debería tomar un taxi, pero no sé si cargo suficiente dinero y ahora no tengo ninguna maldita aplicación por algo que no viene al caso explicar. Me pongo en marcha a paso veloz. Empiezo a sentirme rara, creo que me baja la presión, me detengo y un vaho sale de mi boca, lo contemplo diluirse en el viento. Oh no… eso indica que una de mis visiones está a punto de hacerse realidad, temo que sea una de las malas, espero de todo corazón que sea una de las buenas. Voy repasando las premoniciones que recuerdo, puedo evocar unas once… En mi cuaderno, que está en casa, tengo anotadas casi veinte. Saco mi celular y le mando un mensaje a Leo por WhatsApp: «Brote de líquido mágico por la boca». Abro la aplicación de grabadora de voz y presiono el ícono del micrófono: «Son las 11.17 de la noche del jueves 17 de mayo de 2018. Estoy caminando por Lince buscando una extensión. La sustancia mágica ha salido de nuevo. Se ha desvanecido en el aire, no ha caído sobre mi ropa, pero sí ha mojado las comisuras de mi boca. Entro a una zona un poco peligrosa, unos tipos me están chequeando. No llevo nada de valor excepto mi celular. Cambio y fuera».

Entra la respuesta de Leo:

—¿Dónde estás? Estoy saliendo para Cosmos.

—Salí a comprar. Estoy en una zona medio maleada.

—¿Quieres que vaya por ti?

—Te aviso al ratito. ¿Puedes traer una extensión de la casa?

—Sí.

—Gracias, amor.

—<3

Guardo el teléfono y doblo en la primera calle para evadir a los sujetos sospechosos. Es una calle angosta y desierta, las casas son muy viejas, casi parecen abandonadas, la pintura está caída o desgastada. Las veredas estrechas permiten el tránsito de una sola persona a la vez: yo sola rozando la medianoche, perdida buscando una extensión. Me llegan mensajes de Cosmos preguntando dónde estoy, pidiendo que me dé prisa. Los reviso de soslayo intentando que la pantalla de mi celular no se convierta en un *spotlight* que atraiga a los ladrones. Doy vuelta a la esquina esperando encontrar alguna seña conocida y me doy con una calle sin salida. Se llama Cora y tiene dos cuadras. Al final veo una luz, parece ser un pequeño establecimiento comercial. Es improbable que tengan lo que busco en una tienda tan enana, pero dadas las circunstancias no pierdo nada con probar. Camino respondiendo mensajes de WhatsApp. Leo llega a Cosmos con la extensión, están instalando. Qué bueno… Descubro que la luz no proviene de una tienda: frente a mí, detrás de una reja, hay una gran máquina que parece una rocola de tonalidades azul eléctrico y fucsia. Qué curiosidad. Si no estuviera tratando de pasar desapercibida pondría una canción y sería hermoso, bailar en medio de la calle, en la penumbra, mi soledad y yo, pero temo por mi vida así que me limito a estudiar el artefacto en silencio. Leo los nombres que se ofrecen en la pantalla táctil… no son canciones, son temas, temas de estudio. Un casillero dice «Adultos índigo», otro «Templos etéricos», otro «Glándula pineal»… ¡son temas esotéricos! Esto es increíble. ¿De quién es este local? ¿Quién puso esta joya en medio de la nada? Me recuerda a la película *Quisiera ser grande*. El edificio es el número 11 de la calle Cora. Junto a uno de los timbres hay un papelito pegado que dice «Alquimista de luz». Leo no me va a creer esto. No hay moros en la costa. Saco el monedero de mi cartera e inserto un sol en la ranura. Presiono, sin pensarlo mucho, en la entrada «Glándula pineal». Tras unos segundos de sonidos de digestión computacional, un recuadro de papel manteca anaranjado cae por un compartimento que no había notado, es como la mezcla entre un *jukebox* y un cajero electrónico. El papel no parece medir más de 10x10cm, pero condensa una cantidad impresionante de información. Constato que no hay nadie alrededor y lo guardo en mi cartera. Regreso por donde vine.

Los tipos de cuidado ya no están, solo veo a una señora gorda tirada en el suelo que, deduzco, debe estar drogada o ebria. Cuando llego a Cosmos la fiesta está en un gran momento; Leo conversa animadamente con Lucifer, Avey y Marina en una esquina del patio. Me escabullo en la oficina y me siento en el escritorio, saco el papel de mi cartera y me dispongo a leer, pero la letra es demasiado pequeña... recuerdo que Marina tiene una lupa redonda en su escritorio y voy por ella. Con dificultad leo el texto de la máquina mágica del número 11 de la calle Cora:

La glándula pineal.

El cerebro es el eslabón entre el espíritu y el mundo externo. La glándula pineal une la parte material, el cuerpo, con la parte espiritual, Alma e Inteligencia Universal. Lo hace a través de un neurotransmisor que se llama Dimetiltriptamina (DMT), que se une con el hipotálamo a través de un canalillo muy pequeño.

Esta conexión a nivel amoroso, desde la sexualidad, incrementa el nivel vibratorio atómico molecular, llevando esa energía por el canal serpentino, expandiendo la conciencia, y alcanzando una esfera desconocida en este mundo tridimensional. Se puede encontrar una serie de mediaciones que no te conducirán a la verdadera conexión de ese canal, la única que realmente logrará la unión es aquella que nace y termina en el corazón, meditación que llegará cuando el alma esté lista, lo demás es solo forma e imagen, ilusión.

Los faraones egipcios tenían una cobra que representa la kundalini y la glándula pineal en la parte superior de su cabeza. Para los espiritualistas, y religiones como el budismo, hinduismo, e incluso el catolicismo, es el lugar donde se encuentra nuestra espiritualidad y conciencia; en el yoga o reiki es el sexto chakra y en las religiones el Tercer Ojo, es por eso que Buda tenía un peinado en forma del coco de pino y en muchas imágenes, al igual que Krishna, tiene un punto rojo en medio de las cejas.

Para los antiguos egipcios y culturas aun más antiguas como los sumerios fue muy importante esta glándula ya que era el umbral hacia otros mundos y dimensiones. De hecho, antes de morir, la glándula pineal genera elementos alucinógenos para entrar al otro lado.

Esto se lo tengo que mostrar a María Elena, apuesto que sabe mucho sobre los chakras. Ya está sonando reguetón afuera, Leo debe estar preocupado por mí. Le mando un mensaje en WhatsApp: «Ya llegué, estoy en el ñoba».

Apertura del Tercer Ojo y misticismo.

En el chamanismo se usa un hongo que contiene Psilocibina (compuesto relacionado con la producción de DMT) para llevar la conciencia a otros niveles de comprensión y VER otras esferas. Plantas como la ayahuasca o peyote incrementan la producción de dicho neurotransmisor, que también se incrementa en los momentos previos a la muerte.

Este proceso que provoca la glándula pineal ha sido descrito como El Tercer Ojo o el Crown Chacra, y se dice que puede ser activado cuando se adquiere un nivel elevado de conciencia mística. La función energética de la glándula pineal es el conocimiento «oculto» que guardamos en el ADN, que junto con la energía sexual se vincula a la pineal, llevándonos a desarrollar nuestra capacidad de ver el paisaje invisible más allá del velo.

Está mal escrito y la parte final no la entiendo bien, pero es revelador. Saco mi cel para ver la respuesta de Leo: «No estás en el ñoba». Le doy el encuentro en el patio y nos besamos un buen rato. Como está contento, logro que baile conmigo. Cuando queda una decena de personas bajamos el volumen de la música y las invitamos a retirarse, recogemos algunas botellas, vamos a casa y hacemos el amor.

10. Perrita perdida

Hoy me he quebrado frente al edificio al ver pasar a mi vecinita Natalia con su perrita Rubí. Justo anoche, en un gran orgasmo, vi el barrio empapelado con los anuncios de su desaparición. Decían: «PERDIDA. Rubí, perrita chusquita peluda color marrón y blanco, 3 años. Ayúdennos a encontrarla. Su dueña, una niña de 8 años, está desconsolada». Natalita me miró confundida, aunque intenté sonreírle como siempre. Me contuve las ganas de decirle que sobreproteja a Rubí, que corre peligro. He leído y visto la película sobre el efecto mariposa y bien sé que no es conveniente intentar corregir el futuro. Nunca había prestado atención a esa perrita y ahora me resulta primordial, un elemento fundamental de la comunidad. Estos postes de alumbrado público se ven tan limpios y despreocupados sin los retratos fotocopiados entre lágrimas por Nati... Leo me dice que no puedo dejar que todo me afecte... lo de la perrita me puso muy mal. No estoy acostumbrada a ver *previews* tristes. Tal vez el más trágico fue el de un hombre arrollado por un auto de forma tan violenta que le causó la muerte. Lo arrastró algunos metros dejando un sendero de sangre por la avenida Angamos. Afortunadamente no sé quién es ese hombre, si lo conociera sería terrible. Pido al destino no conocerlo nunca.

11. Demasiada información

Por ahora puedo decir que, gracias al sexo bien practicado, Leo y yo hemos conseguido producir una gran cantidad de DMT, de modo que nos es posible ver el paisaje invisible más allá del velo. No es poco.

Aprovechando que Cosmos no abrirá hoy, después de desayunar voy a Alquimista de luz. No sé por qué le miento a Leo, me pongo ropa deportiva y le digo que saldré a caminar. Igual sí voy caminando, el día está lindo. Una sensación extraña de detective interdimensional me embarga al volver sobre mis pasos de la noche anterior. Al llegar a mi destino, me sorprende descubrir que la máquina no está; en su lugar, en el patio detrás de la reja, una señora está sentada en un sofá de mimbre.

—Buenos días —me dice con cierta desconfianza—, ¿a quién busca?

Podría jurar que esta mujer es la señora que estaba tirada anoche en la calle como una yonqui. Si es así, lleva las resacas mucho mejor que yo.

—Buenas, señora. Disculpe, ¿aquí no había una máquina rocola de temas místicos?

—Ah, sí, está guardada.

—Ah, ya… ¿sabe usted si es propiedad de Alquimista de luz?

—Usted lo dijo, no lo dije yo… —responde sin mirarme, se pone de pie y camina lentamente hasta una puerta que está junta, ingresa a su casa y cierra.

Ok… pienso. Me alejo unos metros y tomo una foto de la fachada. Me pongo nerviosa al notar que la señora me espía desde su ventana, parcialmente cubierta por una cortina blanca. Toco el timbre de Alquimista de luz. Después de unos segundos, una señorita responde por un intercomunicador que no había notado:

—¿Buenas tardes?

—Buenos días.

—¿Qué desea?

—Estoy interesada en conocer su institución. ¿Dan cursos? Me gustaría recibir informes.

La puerta se abre con un mecanismo electrónico, subo las escaleras hasta el cuarto piso y entro al departamento de la derecha, que me espera abierto. Escucho una voz de mujer que canta *Baby* de Justin Bieber, muy entonada y alegre… me inspira confianza. Es la recepcionista del lugar, debe tener unos veintipocos, sus brazos y cuello están cubiertos de tatuajes, es lo que más llama mi atención.

—¡Hola! —se levanta de su silla como impulsada por un resorte, brinca hacia mí y me ofrece la otra silla que flanquea el escritorio. Antes de que haya terminado de sentarme, ella está de regreso en la suya. Es la persona más rápida que he conocido, en el aspecto psicomotor. Me pregunto si he entrado en un espacio donde las leyes físicas están alteradas, como en esa película *Annihilation*.

—Hola —respondo confundida.

—¿Qué taller te interesa? —me mira a los ojos con gran dinamismo, ¡cuánta energía!

—¿Qué talleres dan?

—Mira —me acerca un volante con el calendario semanal de los cursos que imparten y los recita en voz alta rodeándolos con círculos con su lapicero azul, igual que el personal del aeropuerto cuando recalca la info de tu vuelo para que no cometas la estupidez de perderlo.

—¿Y cuánto tiempo dura cada taller?

—Nueve meses.

—En realidad me interesa más asistir a alguna charla sobre estos temas. ¿No hay especialistas que brinden conferencias aquí?

—Justo hoy hay una charla sobre la glándula pineal y la activación del tercer ojo; si no me equivoco, el asunto que le interesa… —de la nada aparece este tipo con pelo largo castaño un poco cano, camina hacia mí, se inclina hasta mis ojos y me dice semejante cosa. ¿Cómo ha podido saberlo? Miro la puerta a ver si continúa abierta. Sí, lo está, no van a secuestrarme, tal vez… solo… van a… enseñarme. La recepcionista sonríe divertida y, seguro de forma involuntaria, canta el coro de *Baby* otra vez.

—Sí, me interesa ese tema, entre otros…

El hombre me estrecha la mano.

—Mi nombre es Daemon, ¿y usted…?

Me pregunto si ya sabe la respuesta y cuando pronuncie Cristy lo dirá al mismo tiempo en coro para regodearse en su omnisciencia, o dirá luego «Claro, ya lo sabía». Pienso por un segundo en decir otro nombre para mostrarle que no me conoce en absoluto, ¿pero cuál? Antes usaba Casandra cuando quería ocultar mi verdadera identidad; cuando representamos alter egos en Cosmos en una dinámica teatral me puse Yasmín… ay, estoy demorando mucho en responder y voy a quedar como una *freak*.

—Cristy —respondo finalmente.

—Encantado. Si gustas pasar, voy a dar inicio a la charla en cinco minutos.

—¡Ah! Sí, me interesa —miro alrededor. No hay nadie más y no se escucha ningún ruido que indique presencia humana en los ambientes contiguos—. ¿Y los demás?

—¿Te importan los demás? —dice Daemon y camina con parsimonia hacia un ropero blanco ubicado en medio del salón, también blanco, abre una gaveta y extrae una especie de camisón de un material parecido a la seda, de un rosa suave resplandeciente. Regresa y me lo entrega—. Está bien que nos importen los demás, somos humanos y siempre debemos ser humanos, Cristy, pero si hoy has venido aquí es por ti, porque quieres saber qué está pasando dentro de tu mundo sagrado, de tu paisaje invisible. Quítate la ropa que traes, está contaminada por las preocupaciones de casa, ponte esta túnica y entra en mi oficina en cinco minutos, no más, no menos..

Ingresa a una habitación y cierra la puerta. Observo la túnica referida, la extiendo y la aprecio en todo su esplendor… no me voy a poner esto. No sé qué tipo de doctor piensa que es, pero no me pongo cualquier prenda que me den. Ni siquiera sé si la han lavado. Me paro y pongo la túnica sobre la silla.

—¿No te vas a poner la túnica? —la recepcionista me mira con curiosidad.

—No, gracias —camino hacia la ventana y miro al detalle esa misteriosita callecita, Cora, por donde nunca parece pasar nadie. Detrás de la recepcionista hay un atrapasueños gigante, bastante terrorífico, recuerda a la telaraña de un arácnido del espacio exterior. Hay poco que ver en estos espacios, el blanco es rey, como en una galería de arte en pleno cambio de exposición.

—Disculpe, señorita —la muchacha se levanta de su asiento para hablarme.

—¿Sí? —me acerco al escritorio nuevamente.

—¿Cómo se enteró de nuestro espacio? ¿Por Facebook, lista de correos, el periódico, amigos?

—Estaba pasando por aquí y lo vi.

—Ajá… —la chica anota en un cuaderno— ¿Y le gustaría recibir correos con información de nuestras actividades?

—Bueno… sí.

Daemon abre la puerta, se ha cambiado y ahora viste una túnica brillante entre turquesa y azul marino, lleva una ligera capa de maquillaje blanco y unos brillos de diamantina en las mejillas, además de un punto rojo en el área del tercer ojo.

—Adelante, Cristy —ejecuta una especie de inclinación, como de pase de torero, dirigida a mi persona.

Mientras ingreso a la habitación, la recepcionista, ansiosa, protesta tímidamente.

—Falta que me dé su correo para el *mailing list*.

—Al final se lo pides, Ámbar. Primero lo primero —predica Daemon sin mirarla. Se me hace mala onda, veo que Ámbar queda algo apocada después de este intercambio.

El aparente gurú cierra la puerta tras de sí y apaga la luz de la habitación, que queda en una agradable penumbra gracias a las velas aromáticas de colores, inciensos y algunos destellos artificiales estratégicamente ubicados. Me siento sobre unos cojines de presumible procedencia hindú regados en una alfombra verde pradera. Daemon está de pie, delante de una pizarra, nada más que mirándome.

—¿Por qué has venido hasta aquí, Cristy? ¿Cuál es tu búsqueda?

—Me interesa el tema del despertar de la conciencia.

—Cuéntame un poco de ti, ¿a qué te dedicas?, ¿qué te gusta hacer?

Ensayo un resumen de mi vida actual bastante superficial para la espalda de Daemon, que va dibujando en la pizarra un cuerpo humano con plumón negro, después agrega los chakras con plumones de colores y finalmente una línea roja que, asumo, representa la espina dorsal.

—Ya —interrumpe súbitamente mi presentación—. Ahora sí empezamos. Nuestra meta será despertar tu energía kundalini. ¿Estás de acuerdo? ¿Estás conmigo?

—…Sí.

—Cuando la energía kundalini despierta y evoluciona, ciertas áreas de la espina dorsal llamadas chakras se abren para convertirse en centros de sistemas de energía organizada —explica de forma interactiva señalando los correspondientes elementos de su dibujo—. Conforme esta energía se desarrolla, la conciencia del individuo se transforma, cambia su modo de percibir el mundo y su manera de reaccionar ante él. A través de la energía sexual, cuando es llevada a cabo desde el AMOR —escribe la palabra en mayúsculas con rojo—, se abre el canal de la columna que eleva la energía desde los órganos sexuales vinculados a lo terrenal hacia la Conciencia Superior, y en este punto la glándula pineal es la conexión entre el mundo físico y el metafísico. Esta conexión a nivel amoroso desde la sexualidad incrementa el nivel vibratorio atómico molecular, llevando esa energía por el canal serpentino, expandiendo la conciencia y alcanzando una esfera desconocida en este mundo tridimensional.

Hace una pausa para tomar unos papeles y empieza a leer, sin culpa. Al parecer es demasiada información para saberla toda de memoria. Continúa:

—Es un conocimiento que todos tenemos albergado, solo se debe comprender, despertar del letargo en que nos movemos para activarlo y así alcanzar nuestro verdadero poder, que no está en el mundo exterior, sino en nuestro interior.

Ahora su cara me parece conocida. ¿Lo he visto antes? Tiene un *look* tan particular que sería difícil no notar su presencia en algún lugar. No está mal, me gusta su estructura ósea, la fuerza de sus pómulos y su mentón, y su mirada es penetrante. ¿O será que el tema que diserta produce en mí esta sensación de familiaridad?

—La glándula pineal es la Ventana de Brahmā por donde el alma entra en el cuerpo y sale de él. Este pequeño tejido rojo gris secreta una hormona que regula el desarrollo de los órganos sexuales. Después de la madurez, la glándula degenera en tejido fibroso que no secreta. De la potencia sexual depende la potencia de la glándula pineal. El hombre y la mujer que gastan torpemente sus energías sexuales fracasan en los negocios porque su glándula pineal se atrofia. Una glándula pineal debilitada no puede irradiar con fuerza las ondas mentales. El resultado es el fracaso. Esta última parte es un fragmento de *Introducción a la Gnosis* de Samael Aun Weor y es muy importante tomar en cuenta ese factor, cuidar tu energía sexual y no derrocharla. ¿Estás de acuerdo?

—Sí. Yo tengo una pareja estable así que mi vida sexual es con amor y entre los dos.

—Ajá. Pero no hablo de monogamia sino de compartir tu energía con las personas adecuadas, que estén en contacto con su kundalini y acompañen y potencien tu evolución espiritual. Tu novio es tu compañero de vida, pero puedes tener compañeros de aprendizaje espiritual. ¿Te interesaría? Piénsalo.

—…

—Ahora solo estoy yo y pensarás ¿quién es este hombre?, ¿me quiere seducir?, pero otros días somos una verdadera comunidad y trabajamos muy seriamente y con mucho afecto y cuidado. Te invito a venir el miércoles a las seis de la tarde a conocer a los hermanos y las hermanas, verás que muchos merecen ya el calificativo de sacerdotes y sacerdotisas sexuales. Dioses y diosas, algún día... —sonríe ensoñado.

No sé qué decir. Estoy en blanco y creo que un poco roja. Daemon entrelaza su brazo al mío y me ayuda a incorporarme.

—Piénsalo. Tú viniste por esto, ¿no? Tu serpiente kundalini te ha guiado hasta aquí y sabes que es por algo.

Todavía no sé qué decir. Daemon me sonríe amablemente y apoya su mano en mi espalda mientras me conduce a la salida. Con ese simple contacto puedo percibir su energía sexual buscando ávidamente conectar con mi vibración atómica molecular. Abre la puerta y se dirige a Ámbar:

—Tómale el correo y sus datos.

Ámbar asiente, contenta como un cachorro. Daemon me estrecha la mano con fuerza, qué intenso este tipo.

—Te esperamos.

Entra a su cuarto/oficina y cierra la puerta. Ámbar me da el encuentro con un formulario y lo llenamos de pie. Yo respondo y ella escribe, veo que también tiene tatuados los dedos de las manos. Pequeños símbolos, una cruz, algunas letras góticas, una cereza, un fantasmita, entre otros que ya no recuerdo.

12. *Home session* #6

Los últimos días han sido tensos. No debí contarle a Leo sobre mi encuentro con Daemon, ahora teme que me entregue a la experimentación sensual y al libertinaje por esta maldición que algunos llaman talento… y así dice conocerme. Si pudiera elegir preferiría no saber del futuro. Como reconocía Montaigne, mi estado original es la ignorancia. Quiero que la vida me sorprenda. Que cada acto sea un alumbramiento, cada acción un vástago del cual seremos responsables toda la vida aun cuando parezca haber tomado su propio camino. Y si veo el futuro cada vez que llego al orgasmo, ¿cuál es mi rol? No quiero resignarme a la esclavitud de los designios, no quiero ser pasiva lectora de mi destino, abdico a la más mínima responsabilidad de soportar lo definitivo…

—¿Cris?

Salto del susto, detengo la grabación.

—¿Qué estás haciendo? ¿Con quién estás hablando?

—¡Leo! No me dejas en paz un segundo. ¡¿Quieres tirar de nuevo?!

—¡No! Solo vine a… ¡ya me hiciste olvidar qué vine a buscar!

—Estás fumando mucho, tu memoria está en declive.

—No seas payasa. ¿Con quién estabas hablando?

—Con nadie. Estaba grabando, ¿ya? Si tanto quieres saber…

—¿En tu celular?

—Obvio. ¿Dónde vives, amor? Es una aplicación de grabadora de voz.

Leo se queda en silencio, avergonzado por su rezago en telefonía celular.

—¿Y desde cuándo te grabas así?

Ahora tendré que tener siempre un ojo en mi teléfono, fantástico. Odio asumir la paranoia como práctica cotidiana. Deberé apurarme en subir de manera regular mis reflexiones a la nube para borrarlas del móvil. Verbalizar lo que me está pasando me ayuda a comprender, me pierdo en mis cavilaciones y así llego a territorios desconocidos. Sé que es en un terreno desconocido donde voy a encontrarme a mí misma, en lo supranatural. Eso está bonito. Cuando Leo sale del cuarto lo repito y lo grabo:

«Sé que es en un terreno desconocido donde voy a encontrarme a mí misma, en lo supranatural. Entregarme a la experimentación sensual y al libertinaje... no sin ti, *baby,* eres mi chico, *my boy*».

Ja, ja, ja, estas grabaciones están muy divertidas, parezco demente. Pero es cierto que desde esa plática con el gurú mi libido ha aumentado considerablemente o, al menos, mi conciencia de ella. Ahora siento su latencia, la percibo como una bestia que puede despertar al menor ruido; por ejemplo, hasta ayer, nunca me había excitado la voz de un hombre regañando a un perro. Lo escuché desde la cocina, estaban en la calle, no entendí qué había hecho mal el animal, pero su dueño lo reprendía con firmeza. El can guardaba sumiso silencio y yo igual. Me excitó totalmente.

13. Opuestos complementarios

No son pocas las religiones que tienen como su más sublime misterio iniciático la sexualidad. El taoísmo, a través de técnicas como las que se encuentran en el qi-gong, es sobre todo una cultivación y un refinamiento de la energía sexual.

En la India tenemos el tantra y el yoga, que igualmente buscan la unión. La unión del hombre consigo mismo, con su espíritu, la unión del hombre y su alma con Dios, pero sobre todo a través de la unión de los opuestos, Shiva y Shakti, el lingam y el yoni, la serpiente y el loto (el mismo hatha yoga lo nombra: ha, sol, y tha, luna). Esta unión de las energías que se oponen pero que en realidad se complementan, se llaman y se abandonan para seducirse de nuevo y recobrar intensidad en su abrazo, no tiene para el ser humano una arena superior al sexo o al intercambio erótico (no necesariamente sexual) entre la energía masculina y la energía femenina.

Este texto lo encontré en internet, seleccioné ese fragmento y lo copié a mano en mi cuaderno. Todos los días investigo y estudio un poco, de forma cada vez más rigurosa. Siento cómo mi conciencia se va expandiendo de a poquitos y ensayo algunas prácticas para activar el tercer ojo. Algunas cosas las comparto con Leo, se las leo en la cama antes de dormir, esperando despertar su interés, pero sigue optando por la negación disfrazada de indiferencia, aun cuando le comento emocionada que él es el sol y que nuestra alquimia está *on fire* causando todo tipo de fenómenos naturales.

—Estoy cansado, ¿puedes leer en voz baja?

—Disculpa, ¿sientes que pierdes el tiempo escuchando esta información?

—A veces es entretenido, pero no me parece una investigación seria.

—Es Google, amor. Y no hay mucha ciencia respecto a esto, es bastante empírico. Hay ciertas cosas que no pueden ser probadas científicamente y son las que tienen que ver con el alma y la conciencia.

—Quizás es mejor sentirlas y no hay que estudiar tanto… *nerd*.

Acerca su cuerpo y me toca las tetas, me baja el calzón, dejo mi cuaderno a un lado.

14. Acoso místico

Anoche vi la construcción de la primera iglesia evangélica en Marte. Robots de menos de un metro de estatura pintaban un fresco impresionante en la cúpula del techo en cuestión de minutos con tecnología láser. Un puñado de humanos observaba la obra desde abajo, más interesados en apreciar su belleza que en supervisar la efectividad de los espléndidos obreros eléctricos. Fue una visión maravillosa. Pensé en llamar al padre Antonio para contarle, pero luego me olvidé. ¿En Marte se podrá comer helados de fruta? ¿Tan extrañas serán las condiciones de vida…? Temo que el alimento sea artificial e instantáneo, en cápsulas o impreso en 3D. Las uvas nunca sonreirán y, si lo hacen, su sonrisa no será natural. Todo será un pobre intento de hacernos sentir en casa.

Están haciendo refacciones en Cosmos y me cuesta concentrarme con el concierto *noise* de taladros y martillos, así que me dedico a gestionar las redes. De pronto me llega un correo, el remitente es Alquimista de luz, el asunto «Bienvenida Cristy». Intrigada, lo abro de inmediato. Esto es lo que dice:

Querida Cristy,

Sirva este correo para invitarte a acompañarnos este miércoles 4 de junio a las 6 p. m. a nuestro ritual de amor sagrado en la calidez de Alquimista de luz, centro que ya conoces. Bien direccionada la energía sexual puede no solo abrirnos la puerta a otros estratos de la percepción, sino también proporcionarnos juventud eterna gracias a sus bondades regenerativas. Piensa ahora, ¿hasta dónde quieres llegar? ¿Cuánto podría mejorar tu vida en todos los aspectos?

Lee este texto que adjunto sobre el tema.
Una familia espiritual te abre los brazos y los corazones.
Te esperamos.
Tu amiga,
Samadhi.

NOTA: *Traer ropa cómoda, una toalla y agua.*

¿Quién es Samadhi? Imagino que la otra cabeza de la organización, además de Daemon; evidentemente él le habló de mí. Me resulta perturbador que estén hablando de mí y tramando cómo integrarme a su secta a como dé lugar. Para comenzar, quieren convencerme de participar en su orgía mística. No dudo que le parecí atractiva a Daemon, no lo ocultaba. Ahora cobra sentido la suspicacia de Leo, esta gente sí es capaz de todo, para ellos soy una presa apetitosa. Aunque me resulta desagradable esta invitación, la información que la acompaña es sumamente interesante (estos son los fragmentos que considero más relevantes):

LA SUPRA-SEXUALIDAD

La supra-sexualidad es el resultado de la transmutación sexual. Cristo, Budha, Dante, Zoroastro, Mahoma, Hermes, Quetzalcoatl y muchos otros grandes maestros fueron supra-sexuales. (...)

Estudiando la vida de los animales hallamos cosas muy interesantes. Si a una serpiente la cortamos por la mitad podemos estar seguros de que ella tiene el poder de regenerarse. Esta puede desarrollar totalmente una nueva mitad con los órganos de la mitad perdida. La mayor parte de gusanos de tierra y mar tienen también el poder de regenerarse constantemente. La lagartija puede regenerar su cola, y el organismo humano su piel. El poder de regeneración es absolutamente sexual.

El hombre tiene el poder de recrearse a sí mismo. El hombre puede crear dentro de sí mismo al Superhombre. Esto es posible utilizando sabiamente el poder sexual. *Podemos recrearnos como auténticos Superhombres. Esto solo es posible con la transmutación sexual (…) La vida humana por sí misma no tiene ninguna significación. Nacer, crecer, trabajar duramente para vivir, reproducirse como un animal y luego morir, esa es realmente una cadena de martirios que lleva el hombre enredada en el alma. Si esa es la vida, no vale la pena vivir. Afortunadamente llevamos en nuestras glándulas sexuales la semilla, el grano. De esa semilla, puede nacer el Superhombre. El Adam Cristo. El Niño de Oro de la Alkimia Sexual. Por eso sí vale la pena vivir. El camino es la transmutación sexual. Esta es la ciencia de Urano. Este es el planeta que controla las gónadas o glándulas sexuales. Este es el planeta que gobierna la constelación de Acuario. Urano tiene un ciclo sexual de ochenta y cuatro años. Urano es el único planeta que dirige sus polos hacia el sol. Los dos polos de Urano corresponden a los dos aspectos masculino-femenino. Estas dos fases se alternan en dos períodos de cuarenta y dos años cada uno. El estímulo alternante de los dos polos de Urano gobierna toda la historia sexual de la evolución humana.*

La lámpara del ermitaño del Arcano nueve, que normalmente se halla encerrada entre las profundas cavernas de los órganos sexuales, debe ser colocada dentro de la torre del templo. Esa torre es el cerebro. Entonces quedamos iluminados. Ese es el camino realmente positivo que nos convierte en maestros del Shamadi (éxtasis) (…)

La edad del éxtasis místico comienza cuando la edad del gozo sexual termina. Todo aquel que alcance la Iniciación Venusta tiene después un trabajo muy difícil que realizar. Este trabajo consiste en la transformación de las energías sexuales. Así como se puede hacer un trasplante vegetal, pasar una planta de una maceta con tierra a otra, así también se debe trasplantar la energía sexual, extraerla del hombre terrenal, y pasarla, trasplantarla en el Adam Cristo.

Realmente el Superhombre brilla por un momento en la noche de los siglos y luego desaparece, se vuelve invisible para el hombre. Por lo común, podemos encontrar huellas de semejante clase de seres en algunas Escuelas Secretas de Regeneración, acerca de las cuales casi nada se sabe oficialmente. Es por esas escuelas secretas que conocemos la existencia de esos sublimes seres supra-sexuales. Las Escuelas de

Regeneración tienen épocas de actividad pública, y épocas de trabajo secreto. El planeta Neptuno gobierna cíclicamente la actividad de esas escuelas. En el organismo humano, Neptuno tiene control sobre la glándula pineal. Solo con la transmutación sexual se pone en actividad esta glándula de dioses. Urano controla las glándulas sexuales, y Neptuno la glándula pineal.

Bueno, hay mucha data extravagante, al menos para mí que soy novata en estos asuntos. Todo el tema del Adam Cristo, el Niño de Oro de la Alkimia Sexual, Neptuno y Urano... y eso que suprimí lo más delirante. Descubro también que la palabra Samadhi significa «éxtasis». ¿Así se hace llamar la desconocida que me escribe...? ¿Éxtasis?

Leo no tiene por qué preocuparse, no tengo el más mínimo interés en intimar con chiflados. Si quieren seguir mandándome correos con información relativa, excelente, pero no responderé y mucho menos me uniré a sus rituales. Tampoco debería molestarle mi investigación ni temer que alguien lea mis notas. Nadie podría leerlas, excepto, quizás, él. Así que no seas paranoico, Leo, si acaso estás leyendo esto a pesar de que te pedí no hacerlo.

15. Está deliciosa el agua

Esta noche, Leo y yo fuimos a la apertura del restaurante de un amigo. Obsequiaron deliciosos chilcanos de mango y jengibre. Leo me detuvo cuando iba a pedir el cuarto, lo cual aprecio porque luego fuimos a bailar y pude seguirle el paso. Hacía tiempo no íbamos a una descarga, como llaman a las sesiones intensas de salsa que se llevan a cabo en un galpón de Breña. Leo se mueve bastante bien, ha aprendido al ojo varias vueltas y figuras complejas, me gusta dejar que me guíe. Llegamos a casa felices, empapados de sudor y con el olor de cigarrillo y chelas impregnado en la ropa. Entre tanta gente girando al mismo tiempo algunas gotas y chorros de cerveza cayeron inevitablemente sobre nosotros. Le digo que necesito bañarme y a él se le ocurre la increíble idea de llenar la tina. Hace años que no me relajo en una tina, es una costumbre anacrónica ya, debido a las políticas ecológicas de ahorro de agua y la velocidad de la rutina. Lo leí en un artículo, pero es obvio. Ni siquiera recuerdo cuánto tarda en llenarse. Como somos dos, el nivel de agua debe ser menor para no desbordar. No puedo evitar ir a chequear cada dos o tres minutos. Leo, en cambio, está relajado y dice que faltan diez minutos. Juega con Pansi en la cama y analiza un volante de un gimnasio que le dieron más temprano. Regreso al baño y cierro la llave. Me desnudo y entro despacio, observando cómo el agua sube con mi peso y volumen, hasta que me recuesto totalmente, con el cuerpo sumergido, excepto por mi cabeza que apoyo en el borde.
—¡Ven! ¡Ya estoy adentro! ¡¡Está deliciosa el agua!!
—¿Llevo a Pansi?

—¡Nooo!

Leo pone música en la compu, algo medio electrónico/caribeño, llega corriendo con la energía de quien se lanzará a una piscina, se quita la ropa en dos segundos y, para mi alivio, se mete en cámara lenta, observando el nivel del agua que queda casi exacto, con un margen de aproximadamente cinco centímetros respecto al borde de nuestra nave de amor de acrílico blanco.

—Parece que estamos en una nave.

—De acrílico blanco.

—¿Tenemos burbujas?

—No sé.

Cabemos muy apretados, un poco superpuestos.

Está muy agradable el agua, tibia y fresca. Qué lindos son los pequeños azulejos amarillos. Nuestras caras están secas, sonreímos.

—¿No hay burbujas?

—No sé.

Leo me besa y todo cambia de posición. Se genera una marea artificial. Cierra los ojos. Me pongo a pensar en algunas cosas que estuve leyendo, él lo nota y pone cara de enojo.

Youtube de algún modo llega hasta Natusha, a veces es tan grandioso en sus extravíos. Nos besamos más y más y más y más y más.

—Mañana hay algo de danza en el parque.

—Quiero cortarme el pelo.

—Yo te lo corto.

Me toca los hombros, los brazos, las manos. Nos besamos.

—Mira a Pansi.

Risas.

Hacemos el amor súper mojados, es todo resbaloso. Bebo sin querer agua con jabón. No veo mucho del futuro.

—¡Tragué mucho jabón!

—Yo también.

—Los textos siempre hablan de los complementarios, del hombre y la mujer como la fórmula mágica: Shiva y Shakti, el lingam y el yoni, la serpiente y el loto, ánima y animus.

Leo me mira sin comentar nada.

—¿Te acuerdas a quién le pasó primero?

—A ti —responde cerrando los ojos.

—A ti —repito cerrando los ojos.

Quedamos en silencio recordando cómo comenzó todo, pienso, aunque tal vez solo se está quedando dormido. Me pongo champú y sumerjo un poco mi cabeza hacia atrás.

Cuando llegamos a un estado de unión y comunión ocurrió un milagro, algo nació de nuestra fusión, pero de cierto modo nos separó, cada uno recibió un poder distinto y los poderes no son complementarios. Me pregunto si está pensando lo mismo, si también ha llegado a esa conclusión o duerme. Me recuesto en todo su cuerpo.

—¿Tú serías la serpiente o el loto? —pregunta mientras reacciona y me hace masajes en la espalda.

—En este momento, el loto. Deberíamos tener una chela.

Se pone de pie suavemente y se aleja goteando.

—Hay una en la cocina.

16. Inmóvil, con un pie en el aire

Saliendo de Cosmos vine al centro de terapias alternativas Alquimista de luz. Quiero pedir información sobre los cursos de Supra-sexualidad. Espero no encontrarme a Daemon.

—¿Viniste al convivio de Venus? —me pregunta Ámbar al verme.

—¿Qué?

—Es miércoles. Hoy es el encuentro de amor sagrado, comienza a las seis.

—Ah, es verdad…

Quiero pensar que vine hoy por coincidencia, no por alguna triquiñuela de mi subconsciente, atraído en secreto por esta actividad. Ámbar me informa que el Taller de Supra-sexualidad inicia en agosto. Son las cinco y veinte, debo irme rápido antes de que lleguen. Ni he terminado de formular este pensamiento cuando una chica muy guapa entra al departamento. Un pañuelo colorido sujeta su cabello y de sus orejas penden aretes circulares, grandes y brillantes. Su cuerpo es grácil y fuerte, me resulta perfecto, al igual que su sonrisa. Me siento impresionada, y eso que no me gustan las mujeres.

—Hola, hermosa —se acerca y abraza a Ámbar cariñosamente, luego voltea hacia mí, que justo me estoy escabullendo hacia la salida—. ¿Y tú? ¿Nos vas a acompañar hoy?

Me quedo inmóvil, con un pie en el aire.

—No.

Lo apoyo en el suelo. Inclina la cabeza hacia un lado como estilan los perritos, esperando una justificación.

—No puedo, tengo trabajo.

Se acerca y se planta frente a mí, me mira a los ojos durante un segundo larguísimo y acaricia un mechón de mi cabello.

—¡Eres tan bella! ¡Quédate por favor! —toma mi brazo y lo agita como una niña encaprichada.

—Disculpa —me suelto en un movimiento brusco—. Tengo que regresar a mi trabajo.

—¿Cómo te llamas?

—Cristy.

—Ámbar, dile a Cristy que es importante que participe.

—¡Quédate, Cristy! —exclama Ámbar, también de manera infantil.

¿Se creen que esto es un juego? Me desconcierta que traten a la ligera una sesión orgiástica y me insistan como si nos conociéramos. Es bastante insolente en verdad, irreal, ¡absurdo!

—¿Conoces a Daemon? —pregunta la desconocida en tono confesional.

—Sí, ya lo conocí —no oculto mi antipatía al responder.

Se inclina hacia mí y susurra:

—Hoy no viene, si esa es la razón por la que no quieres estar.

Vaya. Al parecer este Daemon es bastante impopular entre las chicas. Tal como imaginé, es un machín que se aprovecha de las jóvenes con inquietudes espirituales.

—Igual no puedo.

—No es una mala persona, solo que es demasiado sexual y le cuesta controlarse.

No es una excusa válida, una libido alta no justifica el acoso, pienso, pero no quiero debatir, solo quiero ir a mi casa. De todos modos, aprovecho para chismear un poco:

—¿Es adivino?

La chica se ríe.

—¿Por qué lo dices?

—Es que no sé cómo supo qué tema me interesaba, me pareció que adivinó mis inquietudes.

—Mmm… ¿tomaste un papelito de la máquina?

—Sí.

—Ah… —ríe muy divertida—. Daemon está obsesionado con esa máquina. Cuenta cuántos papelitos hay casi a diario y verifica cuáles han salido. Seguro vio que faltaba el que elegiste y dedujo que fuiste tú cuando viniste.

Me quedo callada. Parece que las habilidades deductivas están bastante desarrolladas en esta comunidad, es probable que eso sea lo que pasó. Daemon revisó la máquina al día siguiente y vio que faltaba un microinforme sobre la glándula pineal. Un punto para los trastornos obsesivos compulsivos, un punto menos para la magia.

—¿Cómo te llamas tú?

—Alexa, y me encantaría que participaras en uno de nuestros rituales. No pienses que quiero acostarme contigo, no promovemos la homosexualidad, solo siento que lo disfrutarías mucho —su expresión es bastante seductora cuando termina de decir esto.

Ámbar se deleita con nuestra charla desde su escritorio. Sin nada que agregar salgo del recinto. Esta gente me cae cada vez peor, ahora resulta que son medio homofóbicos.

17. Bi-curiosidad profesional

Ahora, mientras estoy cogiendo con Leo, las ideas esotéricas de complementariedad de los opuestos empiezan a sonarme conservadoras, dominantes y excluyentes. Shiva y Shakti, el lingam y el yoni, la serpiente y el loto… hasta me da vergüenza haber apelado a ese argumento para interesar a Leo en mi investigación. Si los de Cosmos me escucharan hablar así… con todo el rollo inclusivo que manejamos en nuestro espacio. No llego al orgasmo esta vez por pensar en tantas cosas. Leo parece un poco molesto y no le falta razón. Se va a su lado de la cama y se duerme. Yo sigo pensando en el funcionamiento de la magia sexual, ¿es realmente como un sistema electrónico que se acciona con polaridades opuestas? Como defensora de los derechos LGTBIQ no puedo concebir la existencia de un don natural humano que deje fuera a algunos compañeros.

3 a. m. Sin duda esto califica ya como insomnio… y es que estoy tratando de formular teoremas energéticos basados en otros principios físico-químicos; después de todo, estudié cuatro semestres de Ingeniería química en la universidad. Siento que es muy relevante la tarea que me he impuesto. De pronto, en pleno amanecer, la turbulencia de mi mente se despeja y el sol ilumina poderosamente una hipótesis fascinante que no había considerado: si la combinación de mi energía sexual con la energía sexual opuesta (masculina) da como resultado el futuro, la unión de mi energía con una energía homóloga (femenina), ¿con qué dimensión me confrontaría? ¿Con el pasado? Si nos ponemos en plan binario-occidental, la antípoda del futuro es el tiempo anterior, pero ¿cómo podría saber si las imágenes del pasado que me fueran reveladas durante el

orgasmo homosexual habrían ocurrido en efecto? ¿Tendría que sumar a esta labor de investigación y comprensión de mi proceso actual una de detective de eventos históricos previos? ¿O la visualización correspondería a mi propia vida? ¿Sería un *flashback* de mis vidas pasadas, de mi más tierna infancia, de mis días en el útero materno? ¿O del pasado de ella? Pero… ¿quién es ella? ¿Quién sería? ¿Debería saberlo ya? ¿Y si lo descubro durante un coito con Leo? ¿Haciendo el amor con Leo tendré visiones de «la otra»? ¿Leo me presentará sin saberlo a la persona con quien le sería infiel? Digno de telenovela. Debería hablarle a Leo de ella, pero… ¿en qué momento decidí acostarme con una mujer? Ahora que lo pienso, fue en este preciso momento, en el presente andrógino.

18. Poca tolerancia al alcohol

Salió el sol y me siento muy contenta. Como un helado de limón en medio de la plaza, justo en el centro. Llevo puesta una falda azul de *jean* y estoy pelirroja con una cola alta (ayer me teñí el pelo de rojo). Me nació de repente, fui a la peluquería que está a la vuelta de mi casa y escogí el tono con la estilista. A Leo le encanta.

Estoy esperando a María Elena, mi maestra de yoga. Observo un árbol hermoso, rodeado de vendedores ambulantes de grandes globos inflables que representan personajes icónicos del imaginario infantil como Dora la exploradora, Minions, Peppa Pig y algún pony rosa encendido. Creo que es una araucaria, la recorro con la mirada y siento placer y bienestar gracias a ciertas cosas que me comunica entre los rayos solares. El día está fresco. El nuevo color de mi cabello es rojo cobrizo.

—Hola —me saluda María Elena—. Estás parada exactamente en el medio de la plaza.

Reímos e intercambiamos besos.

—¡Me encanta tu pelo!

—¡Gracias! ¿Cómo estás?

—Bien. Tienes algo… —señala mi barbilla y temo haber derramado la sustancia tornasol de las revelaciones. Palpo la zona indicada, siento algo cremoso… uff, es solo helado.

Me limpio con la servilleta que envolvía el cono. Me pone un poco nerviosa hablar con ella desde que se me ocurrió que podría ser la indicada, no sé cómo seducir a una mujer.

—¿Quieres sentarte aquí o vamos a tomar algo? —sé que es un recurso muy fácil pero unas copas siempre ayudan a los cobardes.

—Mmm… no puedo beber mucho porque mañana dicto a las ocho. Tengo dos clases seguidas… pero una chela puede ser.

Vamos a un bar nuevo que vi en el camino, nos cuesta elegir una mesa. María Elena habla bastante sobre sí misma, con solo un vaso de cerveza está notoriamente más desinhibida y expresiva. La motivo a continuar, pues su forma de pensar me resulta muy interesante, inclusive intento retener algunos pasajes de su vida que considero lecciones que algún día aplicaré. De pronto se distrae por un hombre que, desde otra mesa, le hace un gesto de saludo. Supongo que no lo conoce porque lo ignora y regresa a mí.

—¿Y tú?

—¿Qué?

—Cuéntame de ti, ¿cómo estás? ¿Cómo te está yendo?

No sé bien por dónde empezar. Después de unos rodeos de naturaleza técnica respecto a la pregunta que debo responder, intento hacer una exposición atractiva y amena sobre las reflexiones que ciertos sucesos extraordinarios me suscitan. Hay un par de momentos de risa y otros de prudente silencio de su parte. Es la primera vez que alguien me dice:

—Deberías buscar un terapeuta especializado en psicología fenomenológica.

—Prefiero aprender de personas como tú, explorar en mí misma, en mis sentidos y mi percepción.

—Sí, ese es otro camino. Según la filosofía hindú, podemos ver a través del tercer ojo o Ajna con los ojos del alma. El yoga te ayuda a ejercitar ese chakra para ver la verdad tal cual es sin que la mente se interponga con sus miedos y espejismos. No dejes las clases.

—Sí, no las pienso dejar. ¿Pido otra cerveza?

—Mejor no. Ya me tengo que ir, estoy un poco cansada.

—¡Pero son las cinco!

—Es que no suelo beber. No me cae bien —se excusa apenada. Y, ciertamente, puedo ver sus párpados caídos, su nivel de energía ha descendido de modo alarmante en los últimos quince minutos. No fue una buena idea, debí imaginarlo. Sin embargo, se ve muy linda, aún agotada, me gustaría tanto que se fije en mí.

19. Inesperado *after* de un triste fracaso

Me siento extrañamente triste después de embarcar a María Elena en su taxi. El atardecer despliega una paleta de colores azulados que realza mi melancolía. Creo que debo seguir bebiendo. En realidad, me siento sola. A pesar de que todo está bien con Leo, le he estado mintiendo. Me molesta que no me acompañe en esto, que intente ignorar lo que nos pasa. En algún momento dijo que me apoyaría y no lo hizo, cada vez se cierra más a este tema. Sus orgasmos son perturbadores, no los entiendo, me siento más sola que nunca cuando suceden. Quisiera que seamos investigadores juntos o, al menos, que nos emborracháramos en este momento. Camino sin rumbo unas cuadras y oscurece. Veo mi teléfono y hay veintisiete mensajes no leídos en el chat de WhatsApp de Cosmos. Es una locura. Marina dice que Tracey Emin ha caído a Cosmos con un grupo de artistas de varios países. Al parecer están trabajando un proyecto aquí, pero todavía no se ha hecho público. Avey se pone eufórico y sale corriendo para allá. Están preocupados porque no hay suficiente chela. Es martes, no había nada programado. Por suerte, Marina estaba trabajando allá. Les ha abierto la puerta y no podía creerlo. Le dijeron que les dijeron que en Cosmos siempre había movida, Marina dijo que obvio, que pasen, que ya iba a llegar gente y ahora tenemos que inventar una fiesta. Rodrigo ya está poniendo música, dicen. Tracey quiere conocer el trap latino y el reguetón. ¡¡Me piden que lleve pisco!! Qué alucinante. Entro al supermercado más cercano, compro tres botellas de pisco, cinco de ginger ale, limones y tres bolsas de hielo. Un empleado me ayuda a subir las provisiones a un taxi. El grupo de chat sigue fuera de control. Que unos españoles van a montar una *performance* posporno, que no le pasen la voz a la gente de Cissma porque son nuestros; alguien le escribe a Tania para que vaya a tomar fotos, a Ranma para que lleve todo tipo de drogas y así, van contando todo lo que pasa y spameando gifs disparatados.

Al fin llego. Toco el timbre para que alguien colabore con la descarga. Lucifer sale corriendo, luce un poco borracha. El patio es un circo, los amigos están bailando reguetón como si se les fuera la vida en ello, tratando de impresionar a los artistas visitantes que parecen estar pasándola bien. Alguien tuvo la visión de subirle el precio a la cerveza considerando la capacidad adquisitiva del público de esta noche tan especial. Hago un cartel en cinco minutos anunciando los chilcanos, me sirvo uno y me uno a la pista de baile. Avey y Marina están platicando con Tracey muy emocionados, me conmueve y les llevo unas bebidas. Hay un tipo que parece Ninja de Die Antwoord, pero no creo que lo sea.

—¿Quieres algo? —Ranma se acerca a saludar.

—Por ahora no, gracias.

—Ese pata español dice que va a hacer una *performance*.

—¿Sí?

—Es bien chévere. Me compró un *trip*, estuvimos conversando —lo observamos con descaro, aprovechando que está absorto filmando la luna con su celular—. Es callado, creo que solo ha hablado conmigo.

Le escribo a Leo y le digo que venga, pero responde que está cansado. Sigo bebiendo chilcanos, hay una parte que no recuerdo. Veo a Lucifer besándose con un español del grupo de posporno. Casi al final, el chico tímido, que se hace llamar Orbital CSX, se acerca al Dj y le pide que conecte un micro. Cuando lo tiene entre sus manos pronuncia estas frases con *delay*:

¿Qué es más superficial?
¿Lo material o lo virtual?
Presionar tu cuello con todas mis manos

O ver una máquina humedecerse y ser penetrada
Sin descomponerse.

Las repite de modo cada vez más extraño e incómodo, se ubica delante de la consola desplazando a Rodrigo, quien se pone a buen recaudo. Orbital CSX se inclina y lame la consola, escupe sobre ella, mordisquea las perillas como si fueran pezones, las hace girar, distorsiona el sonido. En serio moja la máquina porque de pronto sucede un nuevo cortocircuito, o algo parecido. Solo recuerdo que ahí termina la fiesta y me voy a casa. Cuando despierto, al día siguiente, hay cuarentaiocho mensajes en el chat, comentando los entretelones de la gran fiesta. Lucifer, que terminó durmiendo en la oficina con el artista español, nos cuenta que alguien hizo un grafiti: debajo de las siglas WC en la puerta del baño escribieron entre paréntesis «(Doble Vía Crucis)». Es ingenioso, pero igual acordamos borrarlo.

20. Una población obscena de endorfinas

Tengo una resaca tan terrible que no puedo trabajar. Estoy en casa analizando el material de mi investigación como el protagonista de *Una mente brillante*, buscando patrones, una verdad... hasta bizqueo un poco a ver si una figura aflora como en los libros 3D. Pansi gatea hasta mis reportes esparcidos en la cama y se recuesta sobre ellos. Veo en su mirada reproche, me transmite el malestar de Leo.

«Lo siento», les digo de corazón. En la última semana he estado ausente, distraída, explorando esta dimensión que se abre, ni siquiera hice el amor con la dedicación de siempre. Les he fallado a Leo y al milagro, a Dios no. Tampoco a ti, Pansi. Han sido días pobres en premoniciones, pero copiosos en sucesos y reflexiones que me aproximan a entender. Mientras menos visiones del futuro, más puedo pensar en el presente y estar presente. Siento que estoy creciendo por dentro, me estoy expandiendo cada vez más rápido, como el universo. Aunque estoy muy enamorada de Leo, sigo pensando en el experimento energético gay, de algún modo es también un acto de protesta e insurgencia ante la heteronormatividad que impregna el discurso de Daemon y las demás teorías que he investigado. María Elena me parece una chica encantadora, pero no sé cómo abordarla, es una persona especialmente juiciosa, prudente, discreta, casi abstemia. Sería más fácil, dada mi nula experiencia en el campo, probar suerte con una mujer atrevida, diestra en las lides lésbicas. Mi única amiga gay es Marina y ni lo consideraría, no porque no sea atractiva —es perfecta—, sino porque la veo como una hermana. ¿Y si a Leo le gusta la idea y me ayuda a buscar a una chica? No, no quiero complicar las cosas ni que sienta que no me basta con su amor, porque no es cierto. De pronto aparece en mi mente, cual bailarina de cancán que irrumpe en el escenario levantando muy alto la pierna y mostrando sus calzones blancos, el rostro sugerente de Alexa, la practicante que conocí en Alquimista de luz el miércoles pasado.

Voy a Cosmos a ayudar a los chicos a limpiar, todos estamos destruidos. Avey afirma que en algún momento entró una loca del barrio y se puso a bailar y gritar groserías subidas de tono, pero nadie más recuerda eso. A la salida, Marina me ofrece un aventón y le digo que quiero caminar un rato. En realidad, la curiosidad me arrastra a la pequeña calle Cora donde la máquina está instalada en el patio nuevamente. Ahora la observo con suspicacia… solo otra aplicación que vende los datos de sus usuarios, delatando nuestras prácticas e intereses.

Es miércoles, toca Convivio de Venus, son las 5.25 p. m., Alexa debe estar por llegar. Examino la galería de temas para ver si hay alguna novedad, creo que se mantiene igual.

—¡Cristy, volviste!

Maldita sea, es Daemon, muy feliz de verme. No finjo sonreír ni nada.

—¿Cómo estás? ¿De mal humor…? —apoya su mano en mi hombro.

—No, todo bien —me desprendo con un movimiento leve.

—Yo siento, con todo el respeto, que estás tensa. Sube conmigo y podemos hacer una armonización energética de quince minutos.

—Gracias, pero solo iba pasando, me queda de camino.

—¿Vives por aquí?

—No.

—Bueno, te recomiendo que aproveches esta oportunidad. Me ofrezco a ayudarte sin costo alguno, solo por hoy, porque siento que lo necesitas. Lo que queremos en Alquimia de luz es contribuir al equilibrio, a que la gente encuentre la paz que lleva dentro.

Estoy a punto de escapar cuando veo la figura de Alexa asomarse detrás de la cabezota de Daemon. También se alegra de verme, parece que soy el tipo de chica que esta comunidad encuentra atractiva, me pregunto por qué.

—Guapa, qué bueno que volviste. Bienvenida.

—Gracias.

Me da un beso en la mejilla y luego saluda a Daemon con menor entusiasmo. Una pareja nos da el encuentro. Alexa se apura en presentarme a Juan Manuel y Rocío que me abrazan. Todos se abrazan sensual y largamente. No sé qué hacer. Debería irme en este momento. La chica recepcionista, cuyo nombre olvidé, sale por la ventana y saluda con la mano.

—Qué lindo que nos acompañes hoy —celebra Alexa mientras los demás van entrando al edificio. Yo titubeo y me quedo clavada en mi sitio. La joven pareja va subiendo las escaleras detrás de Daemon, que voltea a verme.

—No puedo, tengo que hacer.

Toma nuevamente mi mano e insiste con un gesto cálido:

—Esto es importante, Cristina.

—Cristy —corrijo.

—Cristy —se me queda mirando a los ojos. Noto entonces que es mayor de lo que pensé, distingo arrugas alrededor de sus ojos color café.

—¿Tienes Facebook? —Dios, qué vulgaridad de mi parte, pero no sé de qué otra forma prolongar este contacto. Se ríe, me siento avergonzada.

—Sube un rato. No estás obligada a nada, puedes observar, sentir, bailar, acariciar…

Ahora sí que necesito una armonización, casi hiperventilo. Le digo torpemente que tengo que irme y eso hago, a paso atropellado y nervioso. Puedo sentir su mirada desconcertada en mi espalda hasta que doblo la esquina y abandono la acera de Cora. Mi corazón aún está acelerado cuando llego a casa. Leo lo nota y me pregunta la razón. Le miento otra vez, con gran dolor. Pedimos una pizza y la comemos en la cama. En medio de la película, que demoramos media hora en elegir, recibo un correo electrónico. Deslizo el pulgar hacia abajo por la pantalla de mi teléfono para mayor información: el remitente es Alexa Narváez <thebigbangmorning16@gmail. com> y el asunto: «Hola».

No puedo creerlo, Alexa le pidió mi información personal a la chica recepcionista y, como son una secta desfachatada buscando acólitos para sus bacanales, Ámbar (¡ese era su nombre!) no tuvo reparos en dársela. Pues mejor para mí, no sospechan que tengo otro plan que solamente involucra a Alexa, así que gracias. Voy al baño, Leo detiene la película, aunque le digo que no importa, cierro la puerta y me siento en el inodoro a leer el *mail*.

Hola, Cristy, me tomo la libertad de escribirte. Espero que no te hayas asustado. Si te insistí es porque me caíste bien, eres una chica muy linda. Te mando una información que puede cambiar tu parecer. Es sobre el tantra, una disciplina extraordinaria que cambia vidas y no tienes que practicarlo con otros si no te nace, verás que puedes hacerlo de manera individual mediante la visualización. Puede que sea más puro de ese modo, PERO aunque algunos hombres no sean dignos de confianza su participación es necesaria, tenles paciencia. Estudia y practica. Ojalá que te guste ☺ Alexa.

«En el budismo tibetano tántrico, la práctica sexual aparece dentro de uno de los vehículos superiores conocido como Anuttara Yoga Tantra, bajo el término karmamudra (el sello de la acción; la pareja o consorte es considerada el vehículo hacia el sello o unión con la totalidad a través de la sabiduría de la vacuidad). Esta práctica es solo uno de los yogas que se realizan en las etapas avanzadas, considerado por algunos el más importante. Entre otras cosas, antes de practicarlo, las personas involucradas deben tener control total de la emisión orgásmica. Y como se ha dicho también, deben haber trascendido el deseo sexual y el apego al placer. Algunos practicantes prescinden de una pareja física y utilizan una consorte meditativa de sabiduría (jnanamudra), que es visualizada. Para lograr que una mente de luz clara coemergente se manifieste por completo debemos primero eliminar o detener todos los niveles más burdos de los vientos-energías [prana, rlung] y de la mente. Para hacer que estos niveles burdos de los vientos-energías y

de la mente no predominen, debemos generar una profunda conciencia de dicha (…)».

Me parece que se ha tomado demasiada confianza y no sé de dónde viene. Me perturba pensar por qué una comunidad de personas extrañas pretende conocerme. Tal vez Marina tiene razón: les atraigo porque notan que en el fondo me atraen, pretenden conocerme porque sienten que soy como ellos, pero no saben nada. Es cierto, he estado rondando Alquimista de luz como un barco sin faro, sin sentido, pero ya no lo haré más. Amo a mi novio y voy a regresar mi deseo a su cauce. Basta de juegos de detectives tímidas y callecitas vacías de una sola cuadra. He descuidado Cosmos también y parece que depende mucho de mis iniciativas. El *mail* es bastante más largo, pero lo dejo hasta aquí.

Oigo que la película sigue en *stand by*, esperándome en la habitación junto a Leo y Pansi. Me doy prisa. Abro el grabador de voz y presiono REC. Susurro lentamente, dando tiempo a las palabras de entablar relaciones entre ellas: «Qué extraña alineación de eventos esta noche, como un motín travieso, ha liberado una población obscena de endorfinas encendiendo una fiesta en mi cabeza sin necesidad de bebidas».

Leo grita mi nombre y salgo corriendo, salto a la cama. La película se reanuda, nos reímos de un error de continuidad, empiezo a tocarlo, hacemos el amor por un par de horas.

21. Lxs niñxs de oro de la alquimia sexual

Es la mañana siguiente a la noche anterior. Despertamos y la TV sigue encendida, transmitiendo videos musicales a bajo volumen. El sol ha entrado en la habitación. Una bachata de moda acompaña nuestro retorno a la realidad. Pasa un pájaro, pasa un auto, hace sonar el claxon. Mi mano izquierda está dentro de la suya, reacciona y me besa, lo acaricio suavemente, jugando con sus formas semidormidas. Nos damos los buenos días como el comienzo de una ceremonia luminosa y los buenos días se van diluyendo hasta ser eso exacto, infinito y abstracto. Rayos gamma invaden la oscuridad de mis ojos, ondas de lava derramándose en la cama, *abrasmos* de sabores complejos...

—¿Crees que somos dioses?
—Un poco, sí.
—¿Sí o no?
—Creo que sí, pero pienso que no deberíamos saberlo.
—¿Cómo?
—No deberíamos decirlo.

Seguimos besándonos como si la sobrevivencia del futuro dependiera de ello, como si la combinación de nuestra saliva fuera la materia del porvenir, como si tejiéramos la trama del universo con nuestras lenguas, cruzándose, enlazándose. Y cuando alguien dice «Te amo» todo parece perfecto, no humano.

Hierogamia, Hieros gamos o Hierosgamos, es un concepto teológico de varias religiones que se refiere a la existencia de algún tipo de matrimonio sagrado, bodas santas o bodas espirituales. Etimológicamente proviene de la composición hierós- (del griego ἱερός, «sagrado»), y -gamos (del griego γάμος, -γαμος, «unión» o «matrimonio»).

Nos reportamos enfermos, jugamos con el gato, nos dedicamos canciones, atravesamos todas las habitaciones desnudos, siempre en dirección al otro.

22. Primera visión

Una ballena cubierta de sangre y vísceras descansa en una orilla de Nueva Zelanda. Decenas de personas la rodean, observan atónitas. Murió y luego explotó debido a la presión de su interior descompuesto. Fue mi primera visión cumplida. No fue agradable, pero sí fascinante. Así son los milagros, supongo. Al día siguiente, mientras almorzaba con Marina en el menú que está cerca de Cosmos, vi las imágenes en el noticiero y casi se me cayó la comida de la boca. Según Marina sí se me cayó un arroz, pero estoy segura de que se había caído antes del tenedor. Ella pensó que estaba impresionada por lo explícito de las imágenes, asqueada, que soy una de esas personas que no puede ver ciertas escenas cuando come, y se burló de mí. A veces me pregunto por qué fue esa precisamente la primera. ¿Qué significado tendría? Una explosión. La relación más lógica sería el Big Bang, el B. B. gigante, la entrada triunfal del universo, el inicio de la historia interminable. También habla de muerte y transformación. En una analogía popular el orgasmo es una explosión, sin embargo, me parecería sospechoso que Dios usara los mismos recursos de películas como *¿Y dónde está el policía...?*, y no porque no me guste, me encanta.

Ahora debo terminar este presupuesto. Marina está esperándolo para depositarlo en el correo junto a otros documentos. Está sentada a mi lado y nota siempre cuando me distraigo. Procuro escribir mis observaciones y recuerdos en un correo para dar la impresión de que estoy trabajando, pero igual se da cuenta y me sonríe burlona o, a veces, se enoja. Tiene paciencia porque sabe que esto es de vital importancia para mí. No le he contado detalles y no me los ha preguntado, solo ha parecido interesarse por el tema de mi búsqueda de una mujer para experimentar encuentros de energías análogas, de la misma polaridad de Urano. Hasta me convenció de que le muestre fotos de María Elena en Facebook. Le gustó, pero dijo que se notaba que sería difícil. He descartado a Alexa, sería imprudente acercarme de modo íntimo a las personas de Alquimista de luz, además, en su correo parecía querer convencerme de practicar el tantra con hombres o yo sola, así que no suena muy dispuesta.

23. El ataque del Demonio

(Archivo de audio, viernes 13 de junio, 6.43 p. m.)

Estoy grabando esto para que quede registro. Estoy asqueada, molesta, un poco asustada... aunque también orgullosa porque nunca perdí la seguridad y la confianza. Ese imbécil que se hace llamar Daemon ha venido hoy a mi trabajo y ha intentado besarme a la fuerza. Entró al Cosmos, que estaba abierto porque se estaba dando un taller, y se paseó como Pedro en su casa hasta encontrarme. Yo estaba en mi escritorio trabajando en el presupuesto, sola, porque Marina iba a recoger a una chica del aeropuerto. Se acercó a mí y casi me da un infarto, como si el demonio hubiera pasado a decir «hola». Me preguntó cómo estoy, muy casual. Yo le increpé: cómo había obtenido la dirección de mi trabajo, y respondió: «Tranquila. Googleé tu nombre y salió al toque. Felicitaciones por tu emprendimiento». Le pregunté «¿Qué quieres?» y se hizo el ofendido, como si fuéramos amigos: «¿Por qué te molestas? Solo vine a conocer tu centro cultural. Está bacán. Tiene mucho potencial». Le dije: «Gracias por pasar, ahora discúlpame que estoy en horario de trabajo», entonces, ignorándome, se sentó en la silla frente a mí y se me quedó mirando con una media sonrisa. No podía soportar su presencia. Me preguntó por qué iba a Alquimista de luz. «Acepta tus deseos. No tengas miedo de ellos». Dejé de responderle, con rabia continué escribiendo el archivo de Excel. Se puso de pie y rodeó el escritorio hasta estar de mi lado, ahí me paré también, para alejarme de él. Me persiguió y me abrazó a la fuerza. Por un segundo me quedé cojuda, no podía creer que eso estaba pasando, en ese espacio que consideraba seguro, ¡con la puerta de la oficina abierta! y que ninguna de mis amigas llegara. Me dijo, a milímetros de distancia: «Yo creo que eres una bruja, pero una brujita buena. Y siento que sabes algo sobre mí». Ahí le metí un rodillazo en el estómago y felizmente no fue necesario más. Retrocedió adolorido y, recobrando el aliento, pronunció una frase que no llega a tener sentido para mí: «Parece que quieres encontrar el amor antes de que él te encuentre a ti». Grité «¡Marinaaa!» y Daemon huyó caminando rápido. Me hierve la sangre. Marina todavía no llega, estoy sola en esta oficina y necesito hacer algo, ¡denunciar a este tipejo! No sé si llamar a Leo y contarle, no sé cómo puede reaccionar. Pero esto no se va a quedar así, Daemon va a recibir su merecido. Esto es lo que ha pasado, hoy viernes 13 de junio... alrededor de las seis y treinta de la tarde.

(Fin de la grabación).

Estoy tan molesta que recojo mis cosas, cierro la oficina, le digo a la tallerista que regreso en media hora y voy rauda a Alquimista de luz a confrontar a ese acosador y acusarlo frente a sus presuntos amigos. Claro que durante las seis cuadras que camino se me cruza por la mente la posibilidad de que todos lo defiendan, incluso que me ataquen en grupo, me secuestren, me violen, me quemen y escondan mi cuerpo en el ropero, tras las batas fucsias y celestes. Sé que corro peligro, pero la rabia es más fuerte. Pienso en buscar un cuchillo, algún tipo de arma, pero no hay tiempo, una urgencia ancestral de justicia hace que mis manos se sientan de acero. Tengo la certeza de que ni un culto satánico ni un ejército de evangelistas podrían doblegarme. Saco mi celular y mientras camino le escribo a Leo por WhatsApp: «Te amo, amor». No es un gesto dramático, simplemente necesito sentirme en contacto con él. Toco el intercomunicador y me responde la chibola Ámbar. Le digo que tengo que hablar con ella, aunque parece asustarse, me deja entrar. En el departamento no parece haber nadie más, se pone de pie y tímidamente me pregunta:

—¿Todo bien? Buenas tardes...

Camino hasta su escritorio y con una mirada helada le espeto:

—¿Está Daemon?

—Ya se fue... ¿tenías una cita con él?

—¡No! —mientras hablo mis piernas se mueven como ejecutando un baile asesino—. Quiero presentar una queja contra él. ¡Quiero denunciarlo por acoso sexual!

Ámbar se espanta y pone el celular que tenía en la mano sobre la mesa. Me mira con urgencia.

—Pero esta no es una comisaría, yo no puedo recibir su denuncia…

Chibola estúpida, pienso. Me inclino sobre su cara para que entienda de una vez y escucho mi voz en cámara lenta y amplificada:

—Exijo hablar con un directivo de este espacio, con alguien que tenga autoridad. De la junta directiva, la asamblea de socios, lo que sea que aplique.

La niña, aturdida, se reduce en su silla.

—Sí, sí… espere… la duquesa Samadhi puede atenderla. Espéreme un segundo.

La muy imbécil cierra su cajoncito con llave antes de levantarse y dar pequeños brincos en búsqueda de la archi susodicha. En mi mente despejo el escritorio de un manotazo, todos los objetos de la habitación se rompen y sé que nadie se atrevería a cobrarme esos daños porque el perjuicio que acabo de sufrir es psicológico, emocional y mucho más grave. En un universo paralelo, destruyo con mis garras y mis colmillos las persianas de madera del departamento y reduzco los muebles a jirones, a carca, a polvo de estrellas que asciende nuevamente al espacio exterior. Mi cabeza está roja, llena de sangre hirviendo. Intento calmarme, respiro hondo… luego pienso: ¡¡por qué chucha voy a calmarme!! Tengo derecho a gritar, a desahogarme, a reclamar y exigir justicia, por mí y todas las mujeres que todos los días sufren violencia de hombres de mierda. Siento un leve mareo, me sujeto de la silla, miro hacia el suelo.

—Señorita, la duquesa la recibirá en un minuto. Puede sentarse si gusta —la empleada se dirige a mí desde una prudente distancia.

Aturdida, como si acabara de despertar de un sueño de odio, asiento. A paso lento me conduzco hacia el sofá de tres cuerpos y me siento. Veo mi celular. Leo ha respondido una combinación de emojis, no se imagina lo que está ocurriendo. Tengo que decirle dónde estoy, por si me pasa algo. «Estoy en Alquimista de luz, ha pasado algo malo. Llego a casa en una hora máximo. Si no, ya sabes dónde estoy. Te amo». Enviar. La chica me observa, casi diría que me vigila. Pensará que estoy loca, pero es que no sabe lo que pasó. Si lo supiera probablemente me apoyaría, confío que sí. ¡¡El mensaje no se envía!! ¿Será que este lugar está diseñado de modo que la señal no llegue y la gente, incomunicada, sea presa fácil? Miro a Ámbar con recelo.

—¿Hay wifi aquí?

—Sí.

—¿Me puedes dar la contraseña?

Lo piensa un segundo la maldita.

—Sí… es: lamanodediosquenosempujahaciaadentro.

—¿Cómo?

—lamanodediosquenosempujahaciaadentro.

—¿Todo junto?

—Sí.

—¿Dios con mayúscula?

—No.

Digito la chiflada clave y se conecta; al parecer se habían acabado mis datos. El mensaje se envía.

Ámbar también mira su celular. Parece que recibió un mensaje.

—Dice la duquesa que puede pasar. Si gusta quitarse los zapatos y dejarlos en esa plataforma…

—No.

—Bueno… siga por ese pasillo hasta la última puerta de la derecha. La espera ahí.

Camino sin temor. Tengo muy claro lo que diré, estoy preparada para enfrentarme a quien sea, así sea una duquesa de verdad. La puerta está entreabierta, la empujo con cautela y entro. Es una habitación cálida y sensual. Muebles rojos, todo aterciopelado y de peluche, suave, confortable, bermejo. Iluminada tenuemente por una lámpara de pie con pantalla en forma de tulipán rojo púrpura, una mujer espectacular está sentada sobre un futón que va del turquesa al rosado como si hubiera sido teñido con el espíritu de una aurora boreal. Su mirada es piadosa y noble. Es muy grande, alta, imponente, pelirroja. Abre sus brazos para darme cobijo, camino hacia ella, me hinco, me apoyo en sus pechos y lloro. Entonces me doy cuenta, la mujer-madre de mi visión es una mujer transexual. Ella llora también, como si supiera el vejamen por el que acabo de pasar, como si nos quisiéramos. La furia cede paso a una confianza y calma inmensas, sé que ella se hará cargo. De mi boca chorrea un efluvio tornasol que combina con la decoración. Samadhi limpia con sus dedos el icor que se desliza por mi barbilla y analiza su constitución maravillada, incluso prueba un poco llevando su dedo índice hasta el centro de su lengua. Al fin estamos juntas.

La miro a los ojos, ella me corresponde.

—Mamihlapinatapai —susurra.

—¿Perdón? —no entendí. :P

—Sabiduría de la Tierra del Fuego.

—Sabía que te conocería… tuve una visión —confieso sin más.

—¿Ah, sí…? —acaricia y desenreda mi cabello, de un rojo más discreto que el suyo. Ahora que lo pienso debemos vernos hermosas juntas. Delicadas, como ángeles—. Yo… creo que también te vi en una de mis visiones.

Siento que lo dice por compromiso, pero igual me parece lindo… estoy toda encandilada y tonta. De pronto recuerdo por qué he venido, ella no tiene la culpa así que se lo planteo con serenidad.

—Vengo a denunciar a Daemon por acoso sexual.

Se eleva un poco y en su rostro se dibuja una mezcla de desagrado y poca sorpresa. Entonces le cuento lo que pasó recién, hace una larga pausa antes de emitir una opinión.

—Daemon es un cretino, ya lo sabía. Lamento que hayas tenido que pasar por esto —con sus manos arrastra mi cabeza nuevamente hacia su pecho donde la deja reposar—. Que no te quepa duda de que será sancionado. ¡Es más, será expulsado inmediatamente de nuestra institución! No es la primera falta que comete contra una mujer.

Pierdo la noción del tiempo cobijada por su cuerpo poderoso, me ensueño, me consuelo… así, hasta que Samadhi me despierta:

—Ya puedes irte, querida. Soñadora, pitonisa <3

Me pongo de pie y debido a un acto reflejo me sacudo el pantalón, porque el suelo se ve muy limpio.

—Gracias, duquesa.

—Vuelve mañana para seguir conversando.

—Sí. Hasta mañana. Gracias.

Con una modesta reverencia me despido y me dirijo hacia la puerta.

—Cristy.

—¿Sí?

—Dile por favor a Ámbar que te corresponde una beca del diplomado de tu elección.

—No es necesario…

—Por favor.

—Bueno… le diré. Muchas gracias.

24. Malas y buenas noticias

Aunque llego a casa dentro del plazo estipulado, Leo está, lógicamente, muy preocupado. Cuando abro la puerta corre hacia mí y me escanea de cuerpo entero buscando las siete diferencias, heridas sangrantes, vendas, lesiones, compresas o magulladuras. El tiempo que pasé con Samadhi me ha calmado así que mi tranquilidad lo perturba aún más.

—¿Qué pasó? ¿Por qué regresaste a ese lugar?

—Conocí a una mujer increíble, Leo. Siento que ella me va a guiar en este aprendizaje.

Se ubica frente a mí y me sujeta de los hombros con ambas manos, mirándome como si estuviera loca.

—¡Me dijiste que pasó algo malo! ¡¿Qué te pasó?!

Me libero y camino hacia la cocina dejándolo atrás.

—No es nada grave, hubo un problema y lo resolví. ¿Ya cenaste?

Leo, molesto, se va a la habitación y entra a la computadora. Pansi se recuesta sobre sus piernas.

—¿Ya cenaste, amor?

Leo fuma marihuana en su pipa de vidrio y se pone audífonos. Tengo miedo de que reaccione mal y se vuelva loco si le cuento lo que me hizo Daemon. Hace tiempo le conté de un tipo que se propasó conmigo mientras dormía y, sin decirme nada, averiguó su dirección, fue a buscarlo y lo golpeó. De hecho, sentí cierta satisfacción, pero también me pareció una reacción impulsiva y violenta. Creo que es mejor no decirle nada, aunque se enfade conmigo. Preparo una crema de verduras y ceno sola de pie en la cocina mirando los imanes de la refri y perdiéndome en mis pensamientos.

Más tarde, cuando me quedo dormida, Leo se levanta y escudriña mis anotaciones. Como sabe mi patrón de desbloqueo, indaga en mi celular. Revisa mis grabaciones, la última es mi testimonio sobre la agresión de Daemon. Ni se toma el trabajo de ponerse audífonos o ir a otra habitación, así que despierto escuchando mi propia voz repetir el repugnante episodio.

(...) «¿Por qué te molestas? Solo vine a conocer tu centro cultural. Está bacán. Tiene mucho potencial». Le dije: «Gracias por pasar, ahora discúlpame que estoy en horario de trabajo», entonces, ignorándome, se sentó en la silla frente a mí y se me quedó mirando con una media sonrisa (...)

Pretendo seguir durmiendo hasta que me duermo de nuevo.

En la mañana Leo actúa como si nada, le sigo el juego. Me visto para ir al yoga.

—¿No íbamos a ir al mercado temprano?

—No. Fácil la otra semana, necesito ir al yoga.

—Ok.

Me voy sin desayunar, me siento muy triste. Odio que nos mintamos, sobre todo cuando no ocultamos que lo estamos haciendo y nuestra relación parece una gran farsa. Tal vez debí contarle, pero no quería crear un gran problema de algo que ya estaba resuelto. Y él debió insistir si quería saber qué pasó en lugar de violar mi privacidad. Camino por las calles conteniendo el llanto. Llego al estudio, es temprano, solo está una chica estirándose en el suelo y María Elena poniendo música en su teléfono, se ve muy bonita. Levanta la mirada y sonríe.

—¡Hola, Cristy! ¿Cómo estás?

Cruzo el salón y me acerco a saludarla. Le doy un beso.

—Bien, ¿y tú?

—Muy bien... parece que hay algo ahí por solucionar, ¿no? —con su encanto natural hace parecer mi miseria simpática y fácilmente reversible—. Concentra tu práctica de hoy en reconciliarte con tus propios conflictos y aceptarlos como parte natural de tu vida, así será más sencillo enfrentarlos.

Asiento y despliego el mat en mi espacio acostumbrado. La práctica me ayuda a relajarme, pero no logro dejar de pensar en Leo revisando mis notas personales.

—Perro boca abajo.

¿Será que lo hace cuando no estoy? ¿Manosea mi información clasificada con tal desconsideración? Si le interesa preferiría mil veces que lo reconozca y me acompañe, como tantas veces le pedí, en esta búsqueda. Opta siempre por ese camino de perfil bajo en lugar de expresar sus sentimientos y deseos. Lo amo, pero a veces no lo entiendo, no consigo atravesar una última capa.

—Savasana.

Me acuesto y cierro los ojos, relajo mi cuerpo. Escucho la voz de María Elena guiando la meditación. Me gustaría escuchar la voz de Leo ahora, diciéndome que todo estará bien, que estaremos bien, aquietando mis pensamientos, sosegando mi respiración. La energía fluye por mi cuerpo, se concentra en el tercer ojo. María Elena pasa caminando cerca de mí pronunciando palabras como agua bendita que exorciza mi ansiedad.

—Esta paz que experimentan ahora es lo que ustedes son realmente. Sientan esta calma que las colma por dentro y llévenla consigo cuando salgan del salón y continúen con su día. Y comuniquen esta calma a los demás, a aquellos con quienes tengan la oportunidad de compartir un momento, una sonrisa, un diálogo, un abrazo…

Al término de la clase, mientras guardo mi mat en su bolsa, María Elena se acerca a mí.

—¿Qué tal tu práctica? ¿Cómo te sientes?

—Bien, mucho mejor. Gracias.

—Voy a desayunar, ¿quieres acompañarme? ¿Has desayunado?

—No. Salí corriendo y no me dio el tiempo. Te acompaño.

Qué curioso, justo hoy que mi cabeza está en otro lado, María Elena busca mi compañía. Tal vez es una señal, que ella venga a mi rescate cuando Leo me falla.

—¿Qué te provoca? —me pregunta, siempre amable.

Caminamos sin prisa, cruza frente a nosotras una mariposa amarilla.

—Lo que prefieras, algo ligero.

—Se me ha antojado un yogur helado. ¿Conoces Pinkberry? —ríe, con cierta culpa.

—Sí. ¡Vamos!

—También se le puede poner frutas —se excusa.

El local queda a tres cuadras del estudio, seguramente no es la primera vez que desayuna aquí. Casi no hay gente, son las diez de la mañana de un sábado, la mayor parte de la población está en casa en pijama. Elegimos una mesa junto a la pared, dejamos nuestras cosas y vamos a examinar las opciones. El joven tras el mostrador nos explica el procedimiento de memoria: hay tres tipos de yogur, algunos acompañamientos y una decena de deliciosos *toppings* para coronar la mezcla. Mientras observo los *toppings*, siento que algo desciende desde el tercer ojo hacia mi boca, una sustancia se abre camino entre mis órganos internos ansiosa por conocer el mundo exterior; entonces recuerdo mi visión, cada vez con mayor claridad, y una rebeldía absurda se resiste a acatar el sino, a aceptar la fórmula predestinada de *toppings*: Ferrero Rocher-muesli-fresas. María Elena percibe mi turbación, sin embargo, guarda un silencio discreto, hace su pedido y realiza el pago. Yo tomo algo más de tiempo y finalmente elijo aguaymanto, melón y delicrispi. El fluido detiene su marcha y desaparece dentro de mí, suspiro aliviada. Nos sentamos. Espero que me pregunte acerca de ese bizarro amague de secreción, pero no lo hace, es muy sutil. La televisión está encendida, en el noticiero hablan sobre la crisis de inmigrantes en Europa. Decenas de personas murieron debido al naufragio de una embarcación que no logró llegar a buen puerto por la falta de humanidad de las autoridades.

—Parece inevitable comenzar los días con malas noticias... —comento.

—¿Preferirías no saber estas cosas?

—No, siempre prefiero saber. Solo me gustaría tener la certeza de que existe una solución, aunque sea remota.

—Solo cuando dejemos de condicionar nuestra forma de relacionarnos con otros a una construcción cultural diseñada por grupos de poder dejaremos de ser crueles y volveremos a ser iguales, como los animales.

El yogur está muy rico. Podría desayunar esto a menudo tranquilamente, escuchando las reflexiones de María Elena. Es tan natural y sincera en sus convicciones, y su piel se ve tan lozana y fresca. Sin querer me la quedo viendo, ella sonríe y se ruboriza un poco.

En dos días se han cumplido dos visiones. Esta racha me sugiere que el futuro se está acercando al presente en un flirteo descarado, pisándole los talones, susurrándole al oído, haciéndose sentir. Ayer en mi encuentro con Samadhi y esta mañana en mi «cita» con María Elena. ¡Rayos! Le dije a Samadhi que iría hoy a verla. Pero es sábado, ¿estará abierto Alquimista de luz? Puede que sea su residencia y esté allí siempre. Se veía muy cómoda en esa estancia, parecía diseñada a su imagen y semejanza. Necesito un momento para mí, está todo muy intenso. No quiero volver a casa, y también es muy pronto para volver a ver a la duquesa.

—¿Qué harás luego? —estamos a punto de terminar el desayuno y sería lindo continuar en plan tranquilo con ella.

—Pensaba ir a casa, ordenar un poco. ¿Tú?

—¿Te molesta si te acompaño? No quiero regresar a la mía todavía.

25. Cuando solo quieres alcanzar la iluminación a través del sexo sagrado y alguien te pregunta si te interesa una forma rápida de ganar dinero

Estamos caminando a casa de María Elena, la pasamos bien juntas. Tengo que hacer mi movida, es la oportunidad que estaba esperando. ¿Y si ella no quiere y la incomodo? Sería funesto arruinar nuestra naciente amistad, hacer algo que la distancie de mí. Pero también podría ser que a ella le gusten las chicas, que tenga más experiencia que yo y pueda guiarme, nunca he hecho esto. No sé bien qué hacer, ni siquiera busqué en internet… debí pedirle consejos a Marina o, incluso, aceptar esa noche que quiso seducirme en Cosmos. Aunque no me atrae al menos ahora sabría cómo proceder; no pensé que estaría tan pronto metida en esta situación. María Elena, ignorante de mis pensamientos concupiscentes, se detiene a tomar fotos de las ramas de unos árboles. Saco mi cel y le tomo una foto, está tan concentrada en su captura que ni se percata de ello. Veo que tengo un mensaje de Leo: «¿Vienes a almorzar? ¿Quieres salir? Podemos ir por un ceviche». Agrega emojis de un pescado, un tenedor y un corazón. Me encantaría comer ceviche con él, pero sigo molesta y quiero hacérselo notar, sabe que sé que violó mi privacidad. Mis audios se han convertido en algo extremadamente confidencial. No solo deposito mis secretos más clasificados, también despliego una forma de expresión nueva, más compleja y rica en vocabulario, donde mi lenguaje se expande y alcanza una precisión inusitada. Me siento orgullosa de ello, distingo una cualidad artística en mi proyecto de investigación que se dio de manera muy natural. Una sofisticación de mi capacidad de comunicación potenciada por las activaciones sensoriales propiciadas por el estudio. Termina la sesión fotográfica y continuamos nuestro camino. Saliendo del malecón de Magdalena y casi llegando al ansiado destino se nos presenta un tipo flaco y alto, con camisa blanca y corbata azul. Nos pide disculpas por interrumpir nuestro lindo paseo y pregunta si nos interesa una forma rápida de ganar dinero trabajando medio tiempo. Le decimos que «no, gracias», pero persiste y nos sigue por media cuadra halagando nuestro «estado físico», perfecto para promover el estilo de vida saludable del nuevo producto en el cual cree con fervor. ¡Qué pesado! Es evidente que María Elena está incómoda, felizmente llegamos a su casa y el hombre se aparta. Cerramos la puerta y estamos solas al fin, eso pienso por un segundo hasta que veo a dos chicas sentadas en el patio conversando (asumo que son sus compañeras de casa), tienen tazas de té, pero también hay una cerveza sobre la mesa así que no me queda claro qué beben. Tal vez empezaron bebiendo té y terminaron con una chela, y luego vendrá otra… suele pasar. Un gato negro descansa sobre un murito donde cae el sol. Las saludamos y, después de una breve plática, vamos a su habitación. Mientras ella pone orden miro sus libros y fotos pegadas en la pared, me siento sobre la cama, luego me dejo caer hacia atrás con los brazos estirados sobre mi cabeza.

—¿Todo bien, linda? —me pregunta cuando termina de colocar un saco marrón en un gancho de ropa.

—Sí… solo tuve una discusión con… un amigo.

—¿Es tu compañero de casa? ¿Por eso no quieres regresar?

—Sí.

Qué horrible soy mintiendo así. ¿Qué me pasa? Me salió automático, me sorprendo a mí misma con esta conducta decadente. La miro hacer sus cosas y siento que nunca me atreveré a dar el primer paso. Me imagino levantando mi cobarde cuerpo de la cama, caminando decidida hasta detenerme frente a ella y besarla súper sensual, pero sigo aquí tirada, como la señora yonqui de la calle Cora.

—Me voy a bañar. ¿Tú no quieres bañarte?

Me sobresalto, ¿es acaso una invitación?

—¿Contigo? —pregunto, visiblemente nerviosa.

—Ja, ja, ja —María Elena ríe como si yo hubiera dicho una ocurrencia muy ingeniosa, sin embargo, lo más asombroso es lo que dice a continuación—. Si quieres…

Creo que tengo la boca abierta porque luego la cierro y me paro. María Elena saca una toalla del cajón de una cómoda y me la da, es blanca. La sigo al baño y cierro la puerta detrás de mí.

26. Experimento energético de polaridades iguales #1

Estoy tratando de verla como un espejo y cuando toco sus tetas sentir también la presión en las mías, pero reconozco su otredad de manera amplia y eso me hace desearla, la experimento como complementaria a pesar de que su cuerpo es similar al mío. Es muy suave, como siempre dicen los hombres que soy yo, y me acaricia de forma muy dulce. Nos besamos una y otra vez, mientras nos secamos mutuamente con las toallas y luego en su cama. Resulta que sí tiene experiencia y parece que le gusto mucho. Solo falta que culmine lo que iniciamos y así experimentar el orgasmo de polaridades iguales. Mientras la miro a los ojos a tan minúscula distancia, me descubro queriendo saber de su pasado, no para constatar que una hipotética proyección de su pasado o futuro esté basada en la realidad, sino para conocerla con genuino interés erótico y también científico. De dónde viene mi doble y si lo es en lo más mínimo. Así que le hago preguntas, primero anecdóticas, como cuál fue el episodio más traumático que le tocó vivir, sobre su primera vez con una chica, y luego más complejas, como cuál considera que es su misión en este mundo, un par del famoso test de Proust que se me vienen a la cabeza (¿Cuál es la cualidad que más admiras en una persona?, a lo que ella responde: la sinceridad, y ¿Cuáles son las palabras o frases que utilizas con mayor frecuencia?, a lo que responde: son muchas preguntas). De pronto me quedo en blanco, no sé qué más decir, en realidad estoy demasiado nerviosa. María Elena me besa, haciendo leve presión en mi cuello con ambas manos, como capturándome del modo más volátil. Siento brillos verdes, abrazo su cintura, cierro los ojos más profundamente, baja por mis brazos con sus dedos hasta conectarlos a la punta de los míos, luego empieza a sonar una música que no recuerdo, tengo una pequeña laguna en este momento, me está besando el cuello, está chupando mis pezones, y hasta aquí les cuento porque esta no es una radionovela erótica o, al menos, no conscientemente... ji, ji.

Presiono STOP, la batería marca rojo.

Leo no está. Antes de salir lavó los platos acumulados en el lavabo. Lindo gesto. Tomaré una siesta.

27. Cuando salgo bien librada de un proceso en Cosmos

La cosa es que obviamente la pasé bien con M. E., pero no sucedió ningún fenómeno sobrenatural. En realidad, no tuve un orgasmo y creo que ella tampoco. No fui muy diestra, aunque pienso que no estuve mal para ser la primera vez. Voy tarde a Cosmos de nuevo. La estoy cagando, no solo es mi opinión sino la conclusión de la última reunión que tuvimos. Fue parecida a una intervención. Lucifer era la policía mala, me interpeló y acusó de abandonar el proyecto que yo misma construí. Avey era el policía bueno y me defendió alegando que estaba pasando por un momento difícil (de vivir, de explicar, de entender, etc.). Entonces intervine; en mi defensa balbuceé que mi acercamiento al futuro parecía erosionar mi presente, corroerlo, mellar sus bases hasta hace poco firmes y serenas.

—No quisiera estar tan cerca —declaré con la mirada extraviada—, verlo de tan cerca me obnubila, me deslumbra, me hace perderme y me arrebata momentos que solo deberían habitar el ahora.

Marina casi no dijo nada, parecía aburrida. Después de un rato comenzó a dibujarnos como si se tratara de un juicio antiguo. Yo estaba muy mortificada y dolida al inicio, pero con el transcurrir de los minutos todo se volvió una *performance* que parodiaba un juicio y terminamos contentos. Pedimos una pizza, compramos cervezas y empezamos a generar ideas increíbles para la agenda de agosto. Haremos una exposición de bocetos hechos en procesos judiciales. Existen retratos de estrellas y personalidades famosas que se vieron involucradas en estas instancias y vamos a reunirlos.

Me encanta nuestro espacio. Salgo con el compromiso y el entusiasmo renovado en mi trabajo. Debo dejar de jugar a la investigadora paranormal, eso está claro. De pronto veo a una joven ciega vestida totalmente de amarillo y con una vincha de Picachú; camina muy divertida por la calle, consciente de la escena que regala a los videntes. Pienso en tomarle una foto, pero me contengo, me parece invasivo retratar a alguien que no puede darse cuenta de ello. Con el teléfono en la mano noto que tengo un mensaje de Daemon, dice: «Tenemos que ser felices. Tú para vengarte del mundo. Yo, por un acto de amor».

Conchasumadre, este tipo está loco, por qué no se mata. Me da ganas de que Leo le dé una lección, pero no quiero despertar pulsiones oscuras en él. Voy a comprarle algo para la cena en la panadería, una empanada de ají de gallina o un pastel de acelga. Vamos a hacer el amor y no voy a registrar nada después, voy a dejar que la información del orgasmo se desvanezca y solo quede nuestro abrazo desnudo.

28. Atraída por la rosa sin espinas al jardín carmesí de terciopelo

—Pasa, mi amor. Te presento a Emiliano.

Ingreso al jardín carmesí con la emoción que amerita, junto la puerta tras de mí y me acomodo como puedo en la situación: un hombre guapo, moreno, de cabello muy corto y teñido de azul coloca piedras hermosas sobre el cuerpo de Samadhi, quien yace sobre el suelo boca arriba con los brazos extendidos y los ojos cerrados. Suena vaporwave y huele a incienso de eucalipto.

—Siéntate. Ya estamos terminando —señala la duquesa, relajadísima. Emiliano me sonríe y asiente. Qué lindo es.

Obedezco y observo atenta el discurrir de la terapia alternativa.

—¿Son cristales?

Emiliano levanta la mirada y asiente con una sonrisa aún más simpática. Al cabo de unos minutos aromatizados, retira las piedritas de los chakras de Samadhi, los procesa entre sus manos y los guarda en una pequeña bolsa de tela.

—¿Daemon ha vuelto a molestarte? —sigue con los ojos cerrados.

—Sí, me sigue escribiendo al WhatsApp.

—Ven a echarte a mi lado.

Abandono con pena el místico futón, dejo a mi cartera para que siga disfrutándolo. Miro a Emiliano que me sonríe y me recuesto sobre la alfombra junto a Samadhi, mirando al techo blanco. Emiliano sonríe (no es redundancia en el informe, es su forma de ser) complacido por la escena y sale discretamente de la estancia.

—Quiero que sepas que lo hemos expulsado definitivamente de ADL.

Guardo silencio. Creo que decir gracias no sería lo adecuado.

—¿Qué castigo deseas para él?

—No sé…

Quedamos en silencio, solo se escucha el vaporwave y, a lo lejos, a Ámbar cantando la parte de Becky G en *Cuando te besé*. Me da risa.

—¿De qué te ríes? ¿Qué se te ha ocurrido? —al fin abre los ojos y gira a verme con cierta excitación curiosa.

—Nada…

Se echa sobre su lado izquierdo, apoyando un codo sobre el suelo y sosteniendo su cabeza en dirección a mí, con la palma de su mano.

—¿Te has acostado con una mujer?

Casi me atoro con su pregunta, me pongo de costado también, sobre mi lado derecho.

—¿Cómo sabes? ¿Eres adivina?

—¡Adivinaste! —ríe escandalosamente. Me contagia y carcajeamos. Pone su mano libre sobre mi mano libre.

Entonces le cuento sobre María Elena y, para que entienda mi motivo, le cuento ya todo lo demás, la historia que solo ustedes saben, mis orgasmos, las visiones, la investigación que me trajo hasta Alquimista de luz y a esta alfombra que compartimos ahora tan alegres. Es un momento hermosísimo, va oscureciendo y ella enciende la lámpara roja y me siento hechizada de tan realizada.

—Entonces, ¿qué viste en el clímax con María Elena? Si se puede saber…

—No llegué al orgasmo y pienso que ella tampoco —sin querer lo digo con un tono recontra apenado, como si todas las anorgasmias empozadas en el alma colectiva de la humanidad escaparan en un suspiro confidente.

—Entonces vas a verla de nuevo…

Cambio de posición porque me duele el brazo.

—No lo creo, al menos no de ese modo.

—¿Te diste por vencida? —acaricia de nuevo mi cabello, siempre haciéndome sentir amada, excepcional, niña-mujer.

—En verdad, me decepciona la idea de no poder darle un orgasmo a una mujer, pero sigo pensando en ella. Sí me gusta regular.

—¿Cómo que regular? Tienes que volver a verla. ¿Recuerdas cuando la computadora te indica que no puedes cerrar la sesión porque un programa está abierto? Si dejas las cosas como están sería así, no has cerrado el capítulo con María Elena.

Me sorprende su rebuscada analogía y le pregunto si es una persona tecnológica.

—Claro —responde orgullosa—, mi propio cuerpo es tecnología de la más avanzada.

Mis ojos escanean en modo automático su anatomía con velocidad de banda ancha, igualmente ella lo nota y se ruboriza un poquito, casi diría que en un acto deliberado de coquetería.

—¿Cómo son tus orgasmos, Samadhi? —me ilusiona tanto saberlo (¡!).

Gira noventa grados hasta acostarse boca abajo, con la cabeza de lado sobre la alfombra, como si buscase un zapato bajo su cama.

—No he tenido ninguno, guapa.

Vaya… intento ocultar mi sorpresa.

—Soy virgen, amor. Por eso hay quienes me conocen como la Rosa sin espinas, exenta del pecado original, como la Virgen María.

Reímos de nuevo, es la cagada Samadhi.

—Mi exploración también está enfocada en la energía sexual, por eso siento esta conexión tan especial contigo y me gusta acariciar tu cabello.

Me siento muy halagada, siendo ella la duquesa de este reino y adivina en jefe.

—La mujer más necesitada, y desesperadamente, de liberación, es la «mujer» que cada hombre lleva encerrada en los calabozos de su propia psiquis. Lo dijo Theodore Roszak.

—Me encanta, lo quiero anotar —me pongo de pie y saco mi teléfono de mi bolso. Veo que tengo mensajes de Leo. Quiero leerlos, pero no quiero arruinar este momento. Abro Notas y le pido a Samadhi que repita la frase.

—La mujer más necesitada, ¡¡y desesperadamente!! —sobreactúa y luego se carcajea— de liberación, es la «mujer» que cada hombre lleva encerrada en los calabozos de su propia psiquis.

—Ya… ¿Quién lo dijo?

—Theodore Roszak.

—¿Cómo se escribe?

—Roszak. R de rosa, O de orgasmo, S de Samadhi, Z de zoospermo, A de Agharta, K de Ken, el hombre sin órganos sexuales masculinos.

Aunque me dan unas ganas patológicas de ver mi WhatsApp, me hago la *cool*, guardo el celular y regreso junto a mi maestra.

—Mi interés en el diseño de la realidad que habitamos fue derivando a la disolución de las dualidades sistémicas con el objetivo de regresar simbólicamente a nuestro estado original de seres de luz sin condicionamientos sociales. Esto, explicado de manera burda. Pero si analizas con filo transdérmico y subcutáneo la filmografía de las hermanas Wachowski, de *Matrix* a *Sense 8* y *Cloud Atlas*, sumado a su propio proceso de transexualidad de hermanos a hermanas podrás darte una idea. El cuerpo de obra de las Wacho es el ensayo más mediático a la fecha, el servicio más público de los oficiados por les iniciades en estas lides. Algunos maestros te dirán que no compartas tus avances, que tu conocimiento mágico es arcano… yo te recomiendo que no les hagas caso, que difundas la palabra. Hay demasiadas noticias falsas sueltas en plaza, en puestos gerenciales, figureteando, el mundo necesita más verdades desfilando como ángeles de Victoria Secret, mostrando el culo… ¡¡como Bart Simpson!! —le da un ataque de risa un poco largo.

Mientras se vacila pienso que me gustaría haber grabado eso y me avergüenza enseguida mi compulsión *millennial*, esta patética necesidad de registro y reproductibilidad. Debería bastarme el aura de este momento, su autenticidad y brillo. Si quiero evocar y atesorar este compartir lo que debo hacer es simplemente prestar mucha atención, como lo he estado haciendo. Se guardará para siempre en mi memoria interna, de hecho que sí... Para cuando termino mi pequeño autorreproche, Samadhi ya ha recobrado la compostura y parece pensativa, continúa:

—Ahora enfoco mi estudio en la concentración de ambas energías sexuales: ánima y animus, estrógenos y andrógenos. Nunca me sentí mujer ni hombre, así que no hay roche, todo *fresh*... como dicen los jóvenes.

—Pero tú eres joven —comento sin intención de halagarla—, ¿cuántos años tienes?

—Sesenta y dos.

Vaya... intento ocultar mi sorpresa.

—Pareces de cuarenta y tres.

—Gracias, es la magia sexual.

—Pero si no tienes sexo...

—Yo tengo mis modos de entrar y de salir, como decía San Martincito... —me guiña el ojo con complicidad pícara, como si yo entendiera algo.

A veces siento que no comprendo sus bromas, pero igual me río, lo cual me hace sentir un poco sonsa. En general, ser depositaria de sus teorías, elucubraciones y chistes me hace sentir muy lista así que eso lo compensa, y ya sumando esas dos sensaciones me siento una chica promedio, yo normal, aprendiendo con humildad.

Recorro su cuerpo con la mirada por segunda vez en un lapso de cinco minutos, ahora sin recato y con mayor profundidad analítica. La verdad no se me ocurre cómo entra y sale, pero de que me interesa el tema me interesa... se ve súper regia.

—Es la mano de Dios que nos empuja hacia adentro... —concluyo.

—¡Ya te aprendiste la clave de wifi! ¡Ya eres una de las nuestras!

Reímos, rodando por la alfombra como conejas.

Se está empilando, mi conversación la estimula tanto como a mí la suya, qué alegría. Samadhi se para de un salto y sigue brincando mientras exclama:

—¡Es la zanahoria suspendida que el conejito imagina para saltar más alto y seguir sin descanso, para morir ahorcado con una erección en un sueño autoinducido de amor!

Al rato se agota y se sienta en el suelo de nuevo, agrega:

—Y en mis sueños, siento el sexo tan real que sé que no es solo mi subconsciente, sino también la subsconciencia del mundo entero la que me está poseyendo.

Retornan los deseos ardientes de estar grabando todo esto con mi aplicación de audio. Me están naciendo instintos de periodista que me conminan a registrar los eventos históricos y claves. Si le contara a Leo todo esto, si le contara de María Elena, si respondiera de una vez sus mensajes de WhatsApp, si el futuro se callara por un instante, si pudiera evitar las tragedias que vi y adelantar las prosperidades, ser otra vez esa chica que tiene un espacio cultural y de *coworking* con sus mejores amigas, ama a su novio y solo vive el ahora…

Sam me abraza, consciente de mis cavilaciones, y cerquita a mi oído, con su dulce voz absoluta, susurra:

—No sufras por tu milagro, sería como morir de sed en una cama de agua.

29. Combo marino #2

Marina se está comiendo todos los mariscos y básicamente me está dejando el arroz. En el noticiero transmiten el trágico final de un hombre: fue arrollado por un auto de forma tan violenta que le causó la muerte. Fue arrastrado algunos metros y dejó un sendero de sangre por la avenida Angamos. Siento que he visto esta escena antes y un efluvio sutil con sabor a combo marino #2 me lo confirma. Me quedo pensando, me siento indispuesta… traen la cuenta, el mesero espera, Marina me mira preocupada:

—¿Lo conocías?

Sigo pensando.

—¿Lo soñaste? ¿Lo viste…?

Vuelvo la mirada a la televisión del menú que ahora muestra la foto carnet del occiso: es Daemon. Con razón siempre me pareció conocido.

—Era un amigo —le miento a Marina, porque me siento muy estremecida, aun cuando lo odiaba. Sí, lo odiaba. Necesito descansar un rato.

—Lo siento —improvisa, mientras nos abrazamos.

Tomo un taxi a casa. El conductor me habla y espera que le responda, le pido que suba el volumen, es salsa.

Leo no está. Es poco más de las cinco y media de la tarde. Me pregunto si Leo podría odiar a alguien como para querer matarlo, si Leo causó la muerte de Daemon. Cuando desaparece no sé a dónde va, no tiene una respuesta clara.

30. Y esto es lo que hace Eros

Hemos salido de la ciudad. Leo me vio mal y sugirió ir de paseo para tomar aire puro. Viajamos tres horas en un autobús y ahora estamos en un restaurante campestre mirando patos, gansos y familias con niños, comiendo pachamanca y bebiendo cervezas junto a la piscina. Para animarme, Leo hace bromas continuamente, me toquetea y me besa mucho. Le cuento que Daemon falleció en un accidente y no dice nada, se pierde en un silencio inextricable. Pela una mandarina y me pregunta si creo que se puede fumar marihuana en algún lugar. Me pongo a leer mi novela. Leo se lanza a la piscina y nada de un lado a otro alrededor de quince minutos, al cabo de los cuales regresa y se sienta a mi lado. Me toca con sus manos mojadas ensayando una broma pesada/simpática que ignoro, sigo leyendo. De pronto empieza a leer en voz alta:

—«Como dijimos anteriormente, y es algo que Jung repite constantemente, donde hay una tensión entre opuestos hay energía, pero esta energía o fricción, que es potencial creativo, debe integrarse, unirse para llevarse a su fruición, y esto es lo que hace Eros, al cual debemos entender como el vínculo de vínculos, como lo llama Giordano Bruno, un principio cósmico de unión y comunicación».

Capta mi atención y me acerco a ver la fuente citada, escondida en la pantalla de su iPhone 6.

—¿Pijamasurf?

—Sí. Estuve leyendo sobre lo que me comentaste, de nuestras energías complementarias.

—¿Y qué piensas?

—Que son complementarias —le liga una mirada irresistible y excitante, y lo beso y lo abrazo. Y sé que me ama a su modo, a pesar de sus silencios y sus secretos, y que no podría matar a un hombre, ni siquiera a un imbécil como el pobre Daemon, que en paz descanse.

31. Lista de visiones que anoté hasta hoy 24 de junio de 2018

(Menos de la cuarta parte del total de visiones ocurridas en los cinco meses y trece días que llevo con Leo).

—He visto un elefante gris andando por una vía principal llevando en su lomo a tres adolescentes hindúes.

—He visto a una señora en avanzado estado de embarazo bailando zumba en una clase. La pared completa es de vidrio, lo cual hace posible observarla desde la calle.

—He visto una ballena que explotó en una orilla de Nueva Zelanda, cubierta de sangre y vísceras, rodeada de decenas de curiosos.

—He visto la renuncia del primer ministro de Israel por un escándalo de corrupción.

—He visto una serie sobre la vida de Luis Miguel emitida por Netflix.

—He visto un diario cubriendo una guerra protagonizada por barcos de máxima velocidad y, en la página de al frente, un comercial de goma de mascar que regala bicicletas y un pasaje de avión con destino a una isla donde solo se movilizan con bicicletas.

—He visto a un señor que va a comprar una casa, la visita por primera vez, señala aspectos que requerirán una inversión al corredor y los anota en una libreta.

—He visto a mi tía María viendo fotos de un viaje remoto, incluida una donde sale junto a un misionero venezolano y un mono platirrino en el jardín del castillo de Neuschwanstein.

—He visto fragmentos de una telenovela donde una empleada doméstica decide lanzarse a la presidencia y, durante el proceso de campaña, se enamora de su asesor principal y la relación entre ellos hace peligrar la elección de la joven, quien finalmente se erige como mandataria, pero, trágicamente, no puede desposar a su asesor porque va contra las leyes.

—He visto un ser etéreo, cuyo cuerpo oscilaba entre el negro y el azul metálico, disolverse en una pequeña laguna en una montaña de los Andes peruanos.

—He visto una caravana inmensa de inmigrantes muy pobres atravesando regiones de Latinoamérica.

—He visto a Leo desnudo encaramado en la copa de un árbol frondoso.

—He visto a un grupo de gente (al parecer yo también estaba presente) en una cueva oscura realizando un ritual extraño con objetos brillantes y juguetes sexuales.

—He visto el barrio empapelado con anuncios de la desaparición de Rubí, la perrita de mi vecinita Natalia.

—He visto la muerte de Daemon al ser atropellado y arrastrado por un auto en la avenida Angamos.

—He visto la construcción de la primera iglesia evangélica en Marte a cargo de robots enanos bajo la supervisión de humanos.

—Me he visto eligiendo *toppings* de Ferrero Rocher, muesli y fresas para un yogur helado.

—He visto una reunión de vecinos italianos discutiendo medidas tras un robo sufrido en el edificio, que deriva en una orgía que termina a golpes cuando descubren al ladrón, que es quien propició la orgía en primera instancia.

—He visto un par de pantalones de cuero negro colgando del pomo de una puerta blanca.

—Algo como un mar rojo descendiendo del cielo.

32. Donde la señal de internet no llega

Me siento mal porque le dije a Leo que iba a estar todo el día con Marina que está deprimida y sin ganas de vivir. Me siento pésimo por mentirle y también por inventar cosas sobre Marina, que anda súper bien. Justo anoche hicimos el amor increíble (Leo y yo, obvio...), me sentí muy cerca de él, me contó cosas de su infancia que no sabía, sobre su papá. Durante el orgasmo vi un partido de básquet de unos niños en un suburbio en Turquía. Parecía un clip de *Tiranos temblad*. Ahora veo cómo el paisaje se va volviendo desierto, solo rítmicas dunas y señalizaciones que llevan la cuenta de los kilómetros. Ámbar está cantando una canción pop que no reconozco, intenta que la sigamos en coro para generar uno de esos momentos típicos de carretera.

—¡Pero una que todos sepamos pues! —reclama Alexa, quien, por cierto, está vestida con un micro top tejido muy revelador y su ya clásico pañuelo en la cabeza.

—Es recontra conocida —replica Ámbar, poniéndose de pie y sujetándose de la baranda metálica—. ¡Es Ariana Grande!

Nadie responde. Ella es la menor del grupo y hay una brecha cultural de la cual parece no ser consciente. La dinámica propuesta fracasa, vamos conversando de lo más entretenidos, conociéndonos, encontrando puntos comunes en nuestra experiencia mística. También especulamos acerca del lugar que visitaremos. Se nota que Emiliano sabe, pero no suelta prenda. Los demás morimos de curiosidad. Yo necesito la presencia de Samadhi para sentirme totalmente tranquila y a gusto. Emiliano me promete que nos dará el alcance en breve y confío en él. Al menos conozco a casi todos los pasajeros de la cúster: en la primera fila están Alexa y Ámbar, en la segunda Juan Manuel y Rocío (asiduos al Convivio de Venus) y en la última vamos Emiliano (que me encanta) y yo. El chofer es un chico muy joven que se hace llamar Eneas, según yo adolescente, pero me aseguran que tiene licencia. Le pregunto a Emiliano si el chico es nuevo y me dice que no, que es el fundador de ADL junto a Samadhi. Le pregunto entonces cuántos años tiene ADL y me dice que tres y poco. Le pregunto cuántos años tiene Eneas y solo sonríe y me toma de la mano. Aunque se siente bien y tibio, me suelto, pensando en Leo. Saco mi cel y veo que me ha mandado un gif de unos osos grizzly entre abrazándose y forcejeando. Le contesto con tres corazones y un beso.

Finalmente, tras subir y bajar algunas colinas, y serpentear alrededor de otras, llegamos a nuestro destino.

—Vamos, equipo, no olviden revisar si llevan todas sus cosas. ¡Ahora se pone bueno! —guapea Eneas, liderando con solvencia el grupo a pesar de su apariencia púber. Bajamos del auto y lo seguimos por un sendero despejado que a los quince minutos de camino se interrumpe por una caída de agua tibia. Eneas explica que es agua con propiedades curativas, que brota del subsuelo de la montaña y contiene mercurio y cloruro de litio, entre otros componentes minerales. Recogemos agüita con las manos y nos la echamos sobre el cuerpo. Alexa acopia un poco en su tomatodo. De pronto, se acerca un colibrí verde metálico, amarillo y azul, lo celebramos y continuamos. Ámbar canta alegremente, Eneas recoge una rama larga parecida a un bastón. Juan Manuel y Rocío caminan abrazados, excepto cuando la trocha se pone muy angosta y se ven obligados a pasar de a uno, de la mano. Me cuentan que tienen un bebé de un año y medio, que lo dejaron con la hermana de Juan Manuel; igual están preocupados porque aquí no hay señal y no pueden comunicarse con ella, solo les queda confiar en que todo estará bien. Entonces saco mi teléfono de mi bolso y constato que, efectivamente, ya no hay cobertura. Espero que Leo no me escriba mucho, pues no podré responderle por un buen rato y será difícil justificarlo. Finalmente, llegamos a la cima de un risco, no veo cómo podríamos continuar a menos que saltemos por el abismo, pero no tenemos paraguas ni ningún otro instrumento místico de vuelo. Sin dar indicaciones a sus desconcertados seguidores, Eneas, ayudado por su rama, empieza a descender con cuidado hacia el otro lado, por un camino que va inventando en el empinado precipicio donde solo las cabras locas podrían mantenerse en pie. Antes de que el pánico se apodere de mí, Emiliano me toma la mano con fuerza y me guía. Vamos casi en cuclillas sujetándonos de las rocas más pronunciadas. Es terrible, pero en menos de cinco pasos llegamos a una misteriosa abertura, es la entrada de una gruta natural en las entrañas de la montaña. Ingresamos uno a uno, como una cadena humana que un fantasma amistoso arrastra, hasta estar todos adentro.

33. *Selfies* mentales en la Agharta (tecnologías del placer)

—Este es el útero —anuncia Eneas con la sonrisa triunfal de un niño haciéndose hombre.

Se produce entonces un acto reflejo masivo de sacar el celular y tomar fotos, pero lo contenemos, como vaqueros que resuelven no derramar sangre y regresan la diestra cautelosamente a su posición original. Damos unos pasos por la cueva hasta pisar una superficie relativamente llana. A un par de metros, sobre nuestras cabezas, decenas de impresionantes estalactitas afiladas vigilan nuestro comportamiento. Luce frío, pero está cálido, el suelo es un poco húmedo, no sé si me sentaría, aunque ganas no me faltan. Nos miramos. Miro a Eneas esperando alguna directriz, pero él solo observa, al igual que todos, este momento, este espacio seminal al que hemos penetrado. Saboreamos la incertidumbre, nos deleitamos con el estilo inconfundible de lo desconocido en el diseño de los ambientes, apenas sugeridos por muros mutantes y destellos de origen mineral. El turismo de la mirada termina forzosamente en un sector oscuro, donde parece iniciar (o terminar) un sendero velado. Mientras nuestra visión humana empieza a hacer foco, desde lo profundo asoma un ruido forastero, murmullos de desplazamiento. ¡Parece que algo se acerca! Me quedo petrificada. Ámbar grita «¡Ay, Dios mío!». No puedo describir la reacción de los demás ni alcanzo a alucinar una bestia a la altura de mi miedo porque muy rápido se revela la causa: con un regio «¡Charán!» aparece Samadhi enfundada en un microvestido drapeado fucsia brillante y la piel visible embadurnada con cinabrio, mineral rojo alter ego de la energía vital de la sangre, el mismo que cubre a la señora de Cao hasta el día de hoy. *Looking good or looking God!*, pienso. Gritamos como locas, es una súper estrella. Vaya entrada triunfal y tan inesperada como la del niño Jesús. Se da una vuelta, seguimos gritando y aplaudiendo. Gritando y aplaudiendo, hasta que deja de tener sentido. Samadhi está examinando la constitución del suelo bajo sus pies, preparando el terreno para un acto alquímico ubérrimo y único de sanación y ascensión. Esto no es RuPaul, recordamos avergonzados, esto es ReAl. La magia no será televisada. Ni siquiera fotografiada, recuerdo, reprimiendo una vez más mi reflejo/reflujo de teléfono celular acorde a las normas sagradas de confidencialidad y madurez del Convivio de Venus. Pero algún *flash* de emergencia debe emitir mi mirada en dirección a la duquesa, pues voltea a verme entonces. Su gesto expresa una dulzura infinita hacia mí que muta abruptamente a una mueca de disgusto. Parece haber recordado algo muy desagradable. Extrae de su escote una botellita llena de un líquido verde oliva, toma un sorbito y la deja delicadamente en el suelo junto a sus botas negras altas para lluvia antideslizantes. Sin embargo, la superficie terrestre es caprichosa y la botellita se cae hacia un lado. Está bien cerrada, no pasa nada, no es importante, un mero detalle. Siento ganas de acercarme y abrazarla, pero me contengo; de seguir aplaudiendo y gritando compulsivamente, pero me contengo; de tomar fotos, subir historias a Instagram, revisar WhatsApp y responderle a Leo, pero me contengo. Me contento con estar, convertida en un receptáculo de euforia y emociones encontradas en la penumbra del útero más tierno. ¡Silencio mental! Samadhi habla:

—Hermanas amantes, hermanos amantes, familia de sangre, espíritu y otros fluidos, este instante es una entelequia. Iniciaremos la ceremonia dictando anatema al sujeto conocido como Daemon, es imperativo deslindarse de conductas infames que solo nos deshonran como institución. Él está muerto desde ahora para nosotros.

«Para todos», pienso, pero callo. ¿Será que no se han enterado del triste final de Daemon? Ámbar tiene cara de *ups*, de que sabe... ambas preferimos que el discurso prosiga su curso de agua mesotermal con múltiples propiedades benéficas. Aprecio este rictus ético de la duquesa, que la pinta de cuerpo entero, como el pigmento adamantino que la viste.

Los demás continuamos en silencio, después de gritar y aplaudir enloquecidos hemos quedado un poco lelos, apartados de la palabra precisa. La duquesa, más aburrida que decepcionada por la ausencia de respuesta, exclama:

—¡Cóctel de bienvenida!

Ahora sí la gente reacciona, se distiende el clima, Eneas saca un termo de una mochila naranja y Ámbar se acerca a ayudarlo. Sirven el líquido verde oliva en sendas copas de plástico y las reparten a todos. Entre tanto, me acerco a Sam y la abrazo, los otros compañeros me siguen y nos fundimos en un lindo contacto grupal.

—Quisiera hacer un brindis —Alexa ha quedado *topless* y tiene unos pechos hermosos, perforados en los pezones, el torso tatuado por completo con fractales y motivos de geometría sagrada. Tiene nuestra atención. Levanta su copa hasta lo más alto, apuntando al cielo (donde quiera que esté ese bandido), la empuña cual antorcha olímpica y la contemplamos—. ¡Es la mano de Dios que nos empuja hacia adentro! —grita iluminada y seca su copa.

—¡Es la mano de Dios que nos empuja hacia adentro! —repetimos en coro y bebemos, y nos sentimos conectados en lo más profundo, de a de veras, sin wifi, protegidos y amados, juntos en el útero del mundo. El elixir es tenue al inicio, a los minutos siento que recorre mis venas y las calienta. ¿Qué es esto? Debería preguntar antes de consumir algo extraño. Mi madre me lo enseñó de niña.

Emiliano continúa acariciando a Samadhi.

—¿Qué es esto? —le pregunta, testeando la textura del cinabrio en la espalda de la duquesa.

—Es para iluminar los manuscritos —queda mirando a la nada.

A lo lejos, Ámbar se sirve otra copa de esa cosa… ¿Qué era? Iba a averiguarlo. Voy a preguntarle a la chibola, de paso que me sirvo otro vasito.

—¿Qué es eso? ¿Cyceón?

—¿Ah? —también parece drogada.

—¿Qué es eso? ¿Es Cyceón?

—Ah… sí. Es Cyceón.

Lleno mi copa a tope y regreso cerca de mi posición anterior, emocionada de probar al fin esta anhelada bebida. Siento sus poderosos efectos… espera, están diciendo algo.

—…algunas mujeres se casaban con las huacas. En el antiguo Perú, cuando algunas mujeres enviudaban, se casaban con las huacas. Vivían dentro de ellas y las cuidaban.

Samadhi sigue difundiendo sabiduría y los presentes escuchan, incluso Juan Manuel y Rocío, sin dejar de besarse apasionadamente en un punto de la cueva iluminada por una fuente de luz cuyo origen no logro determinar, pero es por poco violeta. Quisiera besarme así con Leo. Tirar con él en esta caverna.

—Yo no estoy casada con esta caverna… estamos en una relación abierta —declara Sami.

—Bebe despacio… —qué atrevimiento de Eneas, para sugerir que estoy tomando rápido cuando recién voy en el segundo vaso. Se nota que no tiene experiencia con el licor, que se mida él que es quien conduce.

No entiendo por qué no me calienta ver a Rocío y Juan Manuel cogiendo, a pesar de que ambos me miran por ratos, como si hablaran de mí. Creo que aún estoy inmersa en pensamientos más complejos sobre la logística y naturaleza de este encuentro y en el tormento de no poder ver si Leo me ha escrito y responderle. Samadhi y Ámbar están coordinando algo, mirando unos papeles. Ámbar escucha con atención las indicaciones finales de Samadhi, toma una hoja tamaño A4, se ubica más o menos en el centro de todos y lee a gritos, despertando la acústica de la gruta:

—«Tenemos aquí la conjunción de lo que el antropólogo rumano Mircea Eliade llamó las "tecnologías del éxtasis", el éxtasis que puede llevar no solo a un sentimiento oceánico, de unión cósmica, amor e integración, sino también de sanación, aplicando el gozo y la expansión de la conciencia como medicina. Esta relación entre los psicodélicos y el erotismo es ancestral, pero en la actualidad se presenta la oportunidad de aplicar el conocimiento científico para hacer el coctel orgiástico más seguro y replicable. Enteógeno, según su etimología, representa lo divino manifestándose desde el interior, Dios dentro de nosotros».

Juan Manuel y Rocío ya terminaron y están recostados en el suelo desnudos, sin pudor, atendiendo la exposición.

Samadhi nos observa con una mirada pícara:

—Ahora, para dar inicio a esta celebración espectacular y única del Convivio de Venus, anuncio que voy a bloquear la entrada al cielo temporalmente para permitir el reinado de la concupiscencia. Ya saben dónde se ubican las salidas de emergencia.

Pienso que nadie me ha indicado las salidas ni he visto ninguna cartilla, pero en la penumbra distingo sonrisas y comprendo que es una broma. Me río, más vale tarde que nunca. Estoy ya bajo el influjo del Cyceón de los iniciados.

—Esto es del poeta Enrique Verástegui —introduce Eneas parado sobre una roca agitando su rama—: «Quizá lo más valioso de una copulación no sea la copulación per se: no el fin del acto (aunque la descarga de energía es fundamental —pero ¿qué es una descarga de energía?: no es el semen la energía, ni el shi, la energía se transmite por una inmensa red subcutánea, y es mensurable la energía: un fluido vaporizado en sensaciones voluptuosas, una electricidad negra, una carga de láser biológico) sino los medios (gestuales)».

Me parece un texto complejo de seguir en estas circunstancias, pero veo que Alexa y Ámbar se están besando cómodamente de pie junto al camino oscuro, así que supongo que es pertinente.

—«...No mil coitus para acceder al Paraíso, no mil emisiones seminales / pero sí El Paraíso de Mil Caricias para ser accedido por la descarga orgiástica: no la "fenomenología" de la conciencia, sino la expresión de una sintaxis libidinosa. A: El amor es un cielo que cuelga del farol. ¿Te parece? B: Desconfío de tu analogía. No es el amor: es la muerte el cielo que cuelga del farol. No es el amor: es la emoción el fluorescente neutro sobre el mar. No es el amor: es la pasión el florecimiento incandescente del sentido».

Asu, qué proyectada esa lectura. Y Eneas se ve alucinante ahí parado sobre esa piedra con ese báculo ecológico, ellas besándose y tocándose, Juan Manuel y Rocío haciéndolo de nuevo, Emiliano haciéndole masajes a Samadhi, que siempre me mira con dulzura. Capturo esas escenas en mi mente, que empieza a difuminarse, a volverse nubes empujadas por el viento y la lujuria. Ahora sé que la duquesa me desea y evalúo la conveniencia de ceder a la invitación de la máxima diosa. Definitivamente Leo nunca lo sabría, ni siquiera haré una crónica de audio de esta experiencia. Quedará silenciado, habitando una parcela clandestina en mi corazón a la cual solo se accede atravesando un túnel infinito e invisible.

Despierto de mis reflexiones por una caricia en la espalda, es Eneas, ya terminó de declamar y ha venido a mi encuentro. No me parece atractivo, pero de pronto eso no es relevante, dejo que me toque, comienza a masturbarme. Siento miradas que nos sobrevuelan como estrellas fugaces. Emiliano se sienta junto a nosotros y dice que nos va a confesar un secreto. Como estoy *ad portas* del orgasmo retengo información aislada: afirma ser andromedano, encontró esta caverna buscando las bases extraterrestres subterráneas. Piensa que estamos cerca de una ciudad sagrada llamada Shambala menor, puede que el corredor por donde emergió Samadhi conecte con dicha ciudad. Todas estas cavernas son parte de Agartha, el reino mágico.

—Probablemente ustedes también son andromedanos —esta retahíla de comentarios desconcertantes me impide alcanzar el clímax. Retiro la mano de Eneas y abrazo a Emiliano.

—Puede ser.

Samadhi golpea su copa vacía con una cucharita, lentamente volteamos a verla. Se ha quitado el vestido fucsia dejando al desnudo unos senos postizos voluptuosos de silicona. A su alrededor bullen globos de muchos colores. Supongo que los infló mientras Eneas me tocaba y Emiliano nos hacía todas esas revelaciones increíbles. Los globos nunca se están quietos, merodean y se elevan traviesos.

—Ahora deseo clarificar mis conocimientos. Voy a hablarles sobre la Magia Sexual del Culto de Isis y las Alquimias de Horus. Deseo revelar secretos que un iniciado nunca hubiera revelado aún bajo amenaza de muerte. Pero los tiempos son ahora diferentes. Cuando yo, una iniciada de Isis, me uní a Yeshua, había vías específicas que tenía que abrir en mí misma. Sin embargo, me quedé extrañada, al descubrir que muchas de estas vías se abrieron espontáneamente en su presencia. Al comienzo de esta historia mencioné cómo temblaba como una mujer teniendo que luchar con mis propias pasiones y deseos; porque el camino del iniciado es usar la energía de la pasión de un modo muy específico y no ser simplemente arrastrado por ella; porque la Alquimia requiere que la energía sea contenida de modo que pueda ser transformada. Yeshua y yo conseguimos muy rápidamente el estado, lo que es conocido como las Cuatro Serpientes. Sucede cuando ambos han dominado las Alquimias internas de Horus a un nivel tal que pueden activar las Serpientes Solar y Lunar en sus espinas dorsales. Dos iniciados comprometidos en la Magia Sexual de Isis pueden reforzarse ellos mismos y expandir rápidamente sus conciencias a través del poder de este campo magnético. En el aprendizaje de la Magia Sexual de Isis y de las Alquimias de Horus, los iniciados se adiestraban en los ejercicios básicos de las Dos Serpientes —para ilustrarnos, ejecuta movimientos serpentinos con sus brazos, que van cambiando de piel dejando entrever una nueva, color azul eléctrico ultramarino—. En esta práctica, el iniciado solo genera energía a través del poder de RA, o el fuego interior, para crear una elevación en la conciencia y así generar campos magnéticos complejos dentro de su propio cuerpo, y entonces los lleva hacia su Ka.

Ay, Samadhi, tanto conocimiento en un solo cuerpo autodiseñado para la mutación y el éxtasis. Como alumnos aplicados, hemos derramado las últimas notas de lucidez en esta escucha. Exangües, nos desarmamos en el suelo de piedra volcánica. Samadhi convoca a Ámbar con un gesto, la muchacha se acerca y se inclina para escuchar la indicación:

—Exégesis, bonita. Lectura y comentario.

Ámbar asiente entusiasmada, muy niñita jugando, conserva cierta vitalidad de repuesto. Se para sobre una formación rocosa y lee de su cuaderno: «Libera tu canción y dedícate a ti mismo».

Me provoca escribir aquí,
desde las postrimerías del candelabro,
donde entibian las huestes del diablo
o simplemente los gusanos que rodean el silencio absoluto.
Afloran con la brisa
las marcas de expresión del cielo.
Mis ojos contemplan la larga barba del abismo
acariciada por cientos de niños,
el desplazamiento de una jauría
de perros,
de peros,
de murciélagos
en la araña de la sala.
Lágrimas de mi corazón insondable
proyectando la luz de la traición.
No es la risa pura donde ensayamos un lenguaje animal,
es como morir de sed en una cama de agua
en una región donde te pagan por decir,
esta es la legión donde te pagan por decir:
«No digan pobre de mí,
digan lo siguiente».

Vaya. Me sorprende, no sabía que Ámbar era poeta. Ahora que lo pienso, no fui muy gentil con ella, inclusive descargué mi ira hacia Daemon sobre la pobre recepcionista. Me gusta su arte. Me levanto como un oso perezoso, drogadísima, y camino hacia ella.

—Felicitaciones— la abrazo efusivamente. Cuando la tracción natural me retrotrae hacia mi espacio personal ella, me contiene con atracción natural y me besa. Me dopa su sabor, serán los vestigios del Cyceón en su lengua y en la mía, reactivándose y haciendo de las suyas las nuestras. Esta sustancia, sea lo que sea, siento que nos hace más sabios y más buenos, para todo y para nada.

Ámbar me ofrece entonces una prótesis de pene relleno igual a las lámparas de lava. Es demasiado alucinante, reluce y transluce iluminando la cueva de arquitectura uterina. Sin pensarlo me dejo poner el *strap-on* y, fascinada, observo cómo el dildo sagrado atraviesa el aro de cuero dispuesto para tal fin hasta quedar enhiesto, como una manifestación material del ascenso espiritual que experimento en ese momento. Noto que todos me miran, primero con curiosidad, luego con deseo. Recorro el escenario con un movimiento ralentizado de cabeza, un vaho irisado sale de mi boca y levita por la gruta; al mismo tiempo, la luz del estimulador cambia de color y en un difuso giro atestiguo cómo me convierto en objeto de adoración para mis compañeros.

Samadhi decide explicar el fenómeno, ante mi notorio pudor y vergüenza.

—Nuestra compañera sufre de una condición, aunque no sé si sea adecuado decir que sufre orgasmos… (risas). Nuestra compañera experimenta un tipo de prolepsis que la sitúa en una posición expectante en el desarrollo de la historia humana. Se anticipa a los hechos. Nuestra Cristy es vidente, en pocas palabras. (Vivas y aplausos). Ella no quiere ser aplaudida, ella está buscando comprender, ascender y por eso está con nosotros, por eso ha llegado a nosotres. Nos honra con su cariño, con su belleza de espíritu. Tuvo la valentía de denunciar las prácticas machistas de Daemon y es así como afianzamos una hermandad no patriarcal, descolonizada, libre de las imposiciones e incordios de la heteronormatividad. Liberándonos de la dictadura de nuestros cuerpos nos abrazamos en una comunión no binaria donde todos somos complementarios, encajamos, nos penetramos de formas infinitas, inimaginadas, siempre nuevas y, a la vez, ancestrales. Como la abeja poliniza a la flor, como el sol entra en el mar, como mi dedo medio penetra el viento —iza su dedo medio triunfal, mandando a la mierda al mundo como lo conocemos, como la libertad guiando al pueblo con un mínimo gesto.

¡Algarabía, nudismo! Desnudismo, dulces sonrisas, tiernas caricias, luces y sombras, insectos raros. Las copas y unos vasos de plástico rojo colmados de Cyceón pasan de mano en mano, la embriaguez favorece la epopteia, la contemplación de lo divino, la manifestación de la sombra de la luz viviente. En este momento todos quisiéramos ser este viento cavernario para ser punteados por Samadhi, la rosa sin espinas, hasta ahora exclusiva a sí misma en lo que concierne a prácticas muy específicas porque de que se da se da, se nos está dando. No está viviendo, está ocurriendo, todo el tiempo. *She is not living, she is happening...* Samadhi reina de todos los reinos, universal, interplanetaria y solo nuestra. Guau, estoy ya delirando y me siento en familia. Qué diría mi familia consanguínea ahora que Alexa se pone el *strap-on* y le acopla con pericia un dildo fosforescente de gran dimensión, luego medita. Emiliano, ya desnudo, se unta brillantina, se revuelca en goma y plumas de gallina, siempre erecto, luego medita. Ámbar está tomando nota en un cuaderno sin descanso.

¡Dios mío!, esta fue una de mis visiones, la más deslumbrante de todas. Voy a recordarla por siempre. Saco fotos mentales sin parar, hasta *selfies* mentales. Nunca fui tan libre, nunca estuve tan cerca de la locura natural de la naturaleza. Bailo recorriendo la caverna, siento que vuelo, es la danza de la inocencia. Ejecuto con pericia pasos inauditos que no había visto en esta vida. Es como si hubiera hecho *control copy* y tiempo después *control paste*, reteniendo esta información en estado molecular durante siglos.

En un rincón del útero encuentro un dibujo hiperrealista muy hermoso de Ámbar y yo besándonos. Me pregunto quién lo hizo y si hay más. Constituiría un registro invaluable, dado que está terminantemente prohibido tomar fotos de los Convivios de Venus, más aún tratándose de la edición especial. El dibujo me recuerda a las ilustraciones de los juicios de la exposición que se inaugura el miércoles en Cosmos. Me gustaría incluirlo, pero no viene al caso. De todos modos, lo guardo. Retomo el baile, tropiezo en un desnivel y me caigo.

34. Dieciocho mensajes nuevos

Despierto con la voz enérgica de Eneas:

—Señores, llegamos. ¡Despierten! ¡Levántense! Espabilen. Revisen sus pertenencias, no se olviden de nada...

Ámbar está sentada a mi lado, escribiendo en su cuaderno. Descubro que he babeado sobre su hombro, para colmo, una baba media rosa tornasolada. Me excuso con la mirada y sonríe, súper contenta. Una vez fuera de la camioneta, estacionada frente a ADL, nos abrazamos fuerte, con verdadero amor y camaradería. Es hermoso. Emiliano me sacude la brillantina de la cara, lo cual aprecio mucho porque no sabría cómo explicar a Leo ese efecto. Me alejo de esas personas increíbles llena de luz, de emociones humanas y sentimientos importados de otra galaxia. Saco un espejito y termino de limpiar los destellos de mi rostro, mis ojos lucen tan abiertos y agradecidos. Veo mi teléfono: diecisiete mensajes nuevos de Leo y uno de Marina, abro primero ese último, con miedo: «¿Qué fue? Leo me pregunta por ti. No sé qué decirle... ¡¿Dónde estás?!». Son las 10.40 a. m., pero la fecha es lo verdaderamente sorprendente: ¡¡Es viernes!! Salimos el miércoles por la mañana. Hemos estado dos días enteros en esa caverna. ¡Cómo puede ser posible! Fue la droga, el ensueño, un viaje astral donde otras leyes rigen. Caigo en picada desde el cielo. La cagué, ¡la cagué! Cómo explicar tantas mentiras. Camino a casa al borde del pánico, con pasos atropellados y fuera de órbita. En un poste de alumbrado veo pegado un cartel nuevo. En letras grandes dice: «PERDIDA». Debajo, más pequeño: «Rubí, perrita chusquita, peluda, color marrón y blanco, 3 años. Ayúdennos a encontrarla. Su dueña, una niña de 8 años, está desconsolada».

Me siento en el escalón de la puerta de una casa x y me pongo a llorar. Sin poder evitarlo, mientras me envuelve una tristeza inmensa, exhalo una sustancia vaporosa de un color extraño, tornasol.

35. Perrita soltera

Leo ha terminado conmigo. Se ha ido de la casa llevándose a Pansi. Es lo correcto, el gato lo quiere más que a mí y ahora comprendo por qué. Mi comportamiento de los últimos días ha sido enajenado, injusto, desconsiderado, cruel, inmaduro. En el camino a encontrarme me he extraviado en la lujuria y el misticismo. Fui egoísta y descompuse en un par de semanas lo que me tomó tanto tiempo construir. Hasta dejé abandonado Cosmos, una iniciativa motivada por el deseo de generar y fortalecer comunidades. Sin mi liderazgo y sensatez, ya las primeras crisis se hacen sentir; sin ir más lejos, nos cortaron internet por falta de pago. Lucifer no se ha aparecido en los últimos días, asumiendo con infantil criterio que mi ausencia justifica vacaciones para todos. Avey y Marina, a pesar de su enfado, han logrado sacar adelante las actividades programadas. Les he llevado almuerzo hoy, pero en verdad me han perdonado porque se ve que estoy en la mierda y son piadosos, son amigos. Y al sentir su cariño he llorado y me han abrazado algo incómodos porque es una escena, una gran escena de un melodrama surrealista que yo sola he producido, escrito, protagonizado y dirigido. Me han recomendado tomarme un par de días de descanso y me han mandado a casa. Avey me dijo que no sea tan dura conmigo, que no es tan grave, que con un poco de tacto se puede reparar. Cuando pienso que puede tener razón y considero reconciliarme con los pedacitos de mí que dejé regados por el suelo veo los carteles: «PERDIDA» «PERDIDA» «PERDIDA» en los postes que rodean mi edificio y sé que lo estoy. Siento que he muerto un poco por dentro, me tiro en la cama y duermo en esa idea. Sueño que estoy sola dentro de la cueva-útero, drogada o en estado etílico, no logro levantarme. Quiero ir a buscar a Leo, pero no consigo ponerme de pie. Mi volición es una estalactita filosa suspendida sobre mi ser, a punto de estrellarse contra mí como un ángel caído que solo quería conocer un poco más, ser Dios un ratito para probarse a sí mismo. El problema es que Dios es un desinhibidor, nos hace actuar de maneras misteriosas. Después de todo, los convivientes de Venus no son más que adictos al sexo y, a pesar de su calidad humana, no es conveniente confiar en un adicto, menos en un grupo de adictos al sexo que piensa que está haciendo el bien porque lo hacen bien. Sueño que hago el amor con Leo, es hermoso y me salen lágrimas de felicidad. Cuando llego al orgasmo su rostro cambia, es Emiliano, Samadhi, Ámbar, Eneas, María Elena... es una pesadilla del género Infidelidad. Felizmente, los maullidos de Pansi me despiertan a otro sueño donde Pansi está en casa, sentado junto a mí, que estoy tranquila y feliz hablando por teléfono con mi madre.

Al despertar me siento mareada, como si el Cyceón se hubiera reactivado. Me sobreviene una paranoia y miro la hora, temiendo haber dormido una semana y estar famélica y deshidratada: solo han pasado veinticinco minutos, bien. Creo que debería entrar a la compu para sentirme un ser humano normal, pasear por las redes sociales y sostener interacciones intrascendentes. La enciendo y me notifican que tengo treintaiséis correos sin leer. Es el curso imparable de Cosmos. Me alegra que continúe, ya fluye por sí solo, puedo ignorarlo un par de días más. Encerrarme en mi cuerpo como en una caracola por la cual se escucha el eco fantasma del mar. Abro la ventana de un nuevo correo y sin pensarlo mucho escribo algunas preguntas, inquietudes sueltas que se precipitan por un acantilado:

¿Es posible la resurrección a través del amor?
¿Puede el sexo mágico devolvernos la vida?
¿Y ahora qué?
Firma: Una muerta principiante.

En el remitente escribo el correo de Samadhi y, sin pensarlo mucho, presiono Enviar. Pongo música que escucharía Leo en un día nublado como este, algo apacible y tropical. Pienso en preparar almuerzo, pero termino comiendo tostadas con rodajas de tomate. Mirando los imanes de la refri, descubro que falta el del perrito con el balón, recuerdo de la Copa Mundial de Fútbol Estados Unidos 94. Regreso a la computadora y veo que Samadhi ha contestado.

Querida Cristy,
espero que te encuentres bien. Intuyo que tu relación atraviesa un mal momento. No olvides que en nosotrxs tienes una familia. Yo, en especial, te amo.
Respecto a tus preguntas, adjunto alguna información que puede nutrir tu búsqueda. Aplicando algunos secretos he logrado los efectos que ya conoces. Usando tu poder, renace y elévate. Sé que te encontraré muy pronto en algún templo etérico o por aquí por el barrio.
Tuya,
Smdh.

«Homeostasis. Juventud. En un futuro, se cree, será posible contar con sustancias químicas o microorganismos nanotecnológicos que nos mantengan en constante homeostasis. Pero existen otras opciones. Generalmente el hombre ha logrado "innovar" tecnológicamente imitando a la naturaleza. La medusa Turritopsis Nutricula ha llegado antes y es teóricamente inmortal. Esta medusa originaria del Caribe es capaz de regresar a su estado juvenil al detonar un proceso de transdiferenciación cuando alcanza la madurez sexual y se reproduce. La transdiferenciación hace que los órganos regeneren su tejido después de sufrir un daño. La Turritopsis Nutricula lleva este fenómeno de transdiferenciación hasta el infinito "como una mariposa que pudiera volver a convertirse en oruga (…)".
»No solo Aleister Crowley y otros practicantes de la magia sexual consumían de manera ritual "efluvios sexuales", los alquimistas hacían preparaciones con ciertos líquidos vitales para acelerar su proceso

o justamente para capturar su plenitud y alargarla. Se sabe que los líquidos vaginales producidos por la excitación sexual, o la misma vagina, eran llamados "el Águila Blanca" y el semen y/o el pene, "el León Rojo (…)".

»La alquimia, pese a su complicado andamiaje simbólico y esotérico, es fundamentalmente algo que se obtiene y aprende de los procesos de la naturaleza, los cuales son estudiados detenidamente, debajo del velo epifánico. Su obra magna es recrear la creación misma (esto es lo que acerca a la divinidad, imagen y semejanza). El opus, el secreto de su búsqueda, se puede decir que es la misma creación del mundo. El adagio fundamental de la filosofía hermética es "como arriba, es abajo" y también "el hombre es el microcosmos del universo". No existe otro acto que repita y refleje la creación del mundo como la cópula».

Fascinante, pero yo no quiero vivir para siempre, al menos no en este momento. Yo hablaba de amor y no lo supe expresar, no quise confesarlo. Mi pregunta es si podré volver a sentirme bien sabiendo el mal que le hice a Leo. Si podremos superar esto. No veo el futuro sin su ayuda. Olvido que existe. Escribo en mi libreta: «Sola, solo existe el presente. Debería ser suficiente». Voy a bañarme, decido dejar de autocompadecerme. Me pongo un pantalón a la cintura, una blusa semi transparente negra y una chaqueta de cuero. Compro una botella de gin, una de agua tónica y voy hacia Cosmos.

36. La nada sincronizada

Estamos en una discoteca Marina, Lucifer y yo borrachas, bailando música electrónica. Subo al segundo piso a contemplar la pista desde arriba, el espectáculo de luces azules y fucsias que bañan el lugar. Marina dice que es la iluminación bisexual, que se ha puesto de moda. Pido un pisco sour con jengibre y albahaca sin dejar de seguir la música con todo el cuerpo. Entonces me doy cuenta de que un hombre muy guapo está siguiendo mi cuerpo con todo su cuerpo. Sincronizado a mis movimientos sonríe y me saluda. Nos apoyamos en la baranda y conversamos. O sea, él me pregunta cosas y yo le respondo tratando de ser coherente y juiciosa, es decir, de no irme con él si es tonto, arrogante, conservador o machirulo. Por un instante me recuerda a Leo, por un gesto que hace, y lo acaricio. Me besa y le correspondo, estamos así unos cinco minutos. Me pregunto si tendré visiones si tiro con este chico. Siento que debo averiguarlo. De nuevo esa necesidad profesional de hacer de mi vida trabajo de campo. Le digo que me espere en la puerta, me da vergüenza que mis amigas se den cuenta, no sé por qué, sé que no me juzgarían. Supongo que quiero evitar la más mínima posibilidad de que Leo se entere de esto. Cuando me despido, Marina, tan linda, me pregunta si estoy bien o necesito que me acompañe. Le miento, le digo que pedí un Uber pool y ya estamos completos. Me da un beso y la dejo bailando con Lucifer y un tipo raro, con pinta de *raver*.

Resulta que este chico, llamado Andrés, tiene auto. Aunque no me parece correcto que maneje bebido, la verdad estoy cansada y es cómodo y rápido. Me espera en la salida de la disco con la puerta del coche abierta. Sugiero que vayamos a su casa, es muy pronto para profanar nuestra habitación. En el camino me toca las piernas e intenta meterme la mano en la vagina, lo detengo.

—Ya vamos a llegar...

—Sí, disculpa, es que me calientas mucho.

Me siento un poco culpable porque, de algún modo, lo estoy utilizando para un experimento, aunque sé que lo disfrutará y probablemente le parezca una tontería mi investigación. Me pregunto si debo decirle cómo soy, advertirle de mi singularidad... resuelvo que no, creo que nadie se advierte. Soy demasiado cortés. Seguramente Andrés tiene también vicios y anomalías que no se apurará en revelarme.

Cuando llegamos a su departamento me ofrece una cerveza e intenta armar una charla previa, pero me lanzo sobre él acelerando el procedimiento. Tiramos en el sofá de la sala. Es un poco tosco y no me gusta el olor de su loción, felizmente es bueno con las manos y tiene una erección muy firme a pesar de las bebidas. Tengo dos orgasmos sin visiones, meros, puros, netos orgasmos. Igual son divertidos. Esto ha sido muy interesante, tengo los resultados que quería, me voy a casa. Antes le niego mi número telefónico a Andrés. Es una lección elemental de la sexualidad moderna: hay personas que solo verás una vez.

37. «Hola»

«Como esas ilustraciones de dos dimensiones que producen la sensación de volumen mediante un juego de perspectiva y ángulo, nuestros cuerpos, dos en número, generan una tercera dimensión, que no es ilusoria, mas sí temporal, aunque resuene luego en nuestro espacio personal como la réplica de un nacimiento».

He escrito esta reflexión pensando en Leo, la he pegado en un *mail* y he estado a punto de enviársela. Luego me di cuenta de que era muy *nerd* y me he tomado una veintena de *nudes* frente al espejo, en la cama con las piernas abiertas, con su lencería favorita. Finalmente he optado por una foto tierna donde estoy echada en la cama *topless*, mirando a la cámara como lo miraría a él si estuviéramos a punto de hacerlo. En el asunto he puesto: «Hola», pero después de enviarlo me arrepentí, qué impersonal, hubiera sido mejor no poner nada.

38. Otras dimensiones posibles

Leo no me responde, yo no le respondo a Samadhi ni a Ignacio ni a María Elena. No sé quiénes sufrirán esperando la respuesta de ellos, pero imagino una cadena infinita de esperas y desesperanzas y siento un vértigo melodramático. Me gustaría ver a María Elena, pero me pone nerviosa el asunto. No escribí sobre mi segunda cita con ella por temor a que Leo leyera la crónica en mis registros. Ahora que se ha ido, procedo a dejar constancia de lo que pasó el sábado pasado después de la clase de yoga. Fue realmente especial... (suenan las primeras notas de *Borderline* de Madonna), fuimos a su casa y nos bañamos juntas otra vez. Sus compañeras no estaban así que salimos al patio a secarnos en el sol. Empecé a tocarla siguiendo unos consejos que había leído en internet y llegó al orgasmo en cuestión de segundos. Me sentí muy contenta al verla disfrutar de ese modo y ella se sintió súper contenta también de disfrutar así y de verme feliz por lograrlo. Luego ella me tocó y, aunque no llegué, fue muy hermoso, de paso me percaté de que el orgasmo se estaba volviendo una obsesión para mí. Marielena me estuvo dando besos todo el día, cocinamos juntas risotto de champiñones con ensalada, tomamos siesta, me hizo un masaje holístico y tuvimos conversaciones muy interesantes. Cuando me marché al atardecer sentí que esa sencilla jornada había sido revolucionaria en tanto me permitió ver una dimensión paralela del presente: cómo podría ser el mundo si todo fuera un poco distinto, es decir, si saliera con una mujer, si fuera gay o bisexual o queer. No sé si fue el *sunset*, pero mi calle me pareció más verde, con más flores. Igual de alucinante que experimentar la activación de mis súper poderes fue abrir mi mente y mi cuerpo a nuevas realidades y posibilidades. Mientras asimilaba esta contingencia sentí que ya no comprendía bien quién era y por eso me dio miedo continuar con eso. Pero la quiero. Mañana iré a la clase y después la invitaré a dar un paseo, podríamos venir a mi casa. Redecoré y está linda, lo bueno de que Pansi se haya ido es que es posible mantener la limpieza por más de diez minutos.

39. Un yogur muy helado

Un escolar sin corazón está arrancando uno de los afiches de búsqueda de Rubí. Le recrimino la acción y se burla, no parece entender la gravedad del asunto. Evidentemente no conoce a Rubí ni a Natalia. Regreso a casa, luego vuelvo al poste y con una mano generosa de goma restablezco el anuncio. Por este estúpido percance llego tarde al yoga. María Elena me mira con reprobación cuando ingreso al salón. Al término de la sesión voy a su encuentro, actúa fría.

—Hola.

—Hola.

—¿Cómo estás?

—Bien —termina de guardar sus cosas e inicia su retirada. La sigo como tonta.

—¿Qué haces ahora? Vamos a…

—Cristy, no me has respondido los mensajes, me confundes. Creo que es mejor que continuemos como antes.

—Tuve una semana horrible, discúlpame —me dan ganas de llorar.

Camino a su lado por unos doscientos metros sin saber qué agregar. Ella no dice nada hasta que doblamos la cuadra, al parecer, para evitar que alguien de la academia nos vea.

—Cristy —me mira al fin a los ojos—, eres muy bella y la pasamos muy bien juntas, pero no sé si quiero salir con una chica.

—¡Yo estoy igual! —exclamo, celebrando nuestra coincidencia y le tomo la mano. Ella se suelta.

—Entonces está claro. Nos seguiremos viendo en clase —me abraza y se va caminando un poco más rápido que de costumbre.

Yo, por el contrario, retomo la marcha bien lento, sin convicción ni rumbo. Sin saber cómo, la deriva me arrastra hasta la orilla de la tienda de yogur helado. Como una autómata deprimida, me pongo en la fila. Cuando llega mi turno observo detenidamente los *toppings*, pido Ferrero Rocher, muesli y fresas. El maldito vaho brota de mi boca. Unas adolescentes me observan asombradas, les dedico una mirada de odio y salgo del lugar.

40. Manifestaciones flagrantes del desastre

Organizando mis notas, escuchando los audios y transcribiéndolos, vaciando la información obtenida, desplegando la documentación sobre la mesa del comedor, la primera conclusión a la que llego es que soy patética y lo he arruinado todo. Además del consabido sabotaje a mi relación y el grave descuido a mi emprendimiento, acabo de contaminar mi remanso, mi lugar de reconciliación con el mundo. Claro que hay otras profesoras y otros horarios, pero María Elena era excepcional y nuestra amistad nunca volverá a ser la misma, tampoco mi práctica de yoga. Pienso que podría involucrarme mucho más con la hermandad de Alquimista de luz y aprender algunos conceptos interesantes, desarrollar mis dones precognitivos; sin embargo, ese camino parece un túnel profundo sin salida visible, tal vez porque cuando un túnel es muy luminoso es imposible ver la luz al final. ¿A dónde me llevaría? ¿Seguiría alejándome de mis seres queridos y de la vida que he construido mediante una sucesión de cuidadosas elecciones desde que tengo uso de razón? Eso siento. De pronto, me dan ganas de quemar todo este papeleo, esta burocracia de crisis existencial. Después de todo, ya no tendré más visiones. Leo se fue y la magia se detuvo. Guardo el acervo con asco en una carpeta marrón y la lanzo sobre el ropero, donde están las cosas que nunca necesitaremos. Que las polillas la hagan suya, que se atraganten con mis desvaríos y me liberen de ellos. A pesar de los elaborados elogios de Samadhi, no he conseguido que Leo ni María Elena se queden a mi lado. A pesar de mis breves estudios de publicidad y *marketing,* he fracasado en convertirme en su conducta adictiva, en crearles una necesidad consistente de mí.

Suena el teléfono fijo y no sé si contestar, solo puede ser a) mis padres, b) publicidad no deseada de bancos o compañías telefónicas, c) número equivocado. Me levanto porque igual tengo que ir al baño y queda de camino. Es mi tía María... la buena noticia es que ya se olvidó del tema del misionero. Me cuenta que fue al zoológico con Rodolfo y Mateo y cuando pasaron por la zona Selva vieron un monito platirrino como el de la foto aquella. Se quedó observando a esa criaturita inquieta y exótica, de otro mundo, y reconoció lo absurdo de siquiera considerar al misionero como un compañero en su vida actual. Pero no me llama para contarme eso, obviamente. La noticia mala es que vio a Leo comiendo solo en un Burger King y lucía «abandonado», así lo dijo. Me recomienda que lo cuide, que cocinemos comida sana en casa y termino por contarle que hemos terminado. Ante su escandalosa sorpresa le ruego que no le diga a la familia, menos a mis padres; aún conservo la esperanza de regresar con él.

—Muy bien, mamita —me dice—. Vale la pena luchar por el amor, no es fácil de encontrar.

Cuando me pregunta por qué terminamos, me disculpo diciendo que tengo que ir al baño urgente y ¡es verdad! Cuelgo el teléfono, corro hasta el WC y me siento.

41. Sigo sentada

Estoy pensando en Leo, me preocupa su estado. Está comiendo comida chatarra, con apariencia «abandonada», o sea, que no se está cuidando, peinando, aseando… eso entiendo de esa expresión. Me gustaría tanto bañarlo, cortarle el pelo, peinarlo. Lo haría con gusto. Me paro y salgo al fin del baño. Voy a buscarlo, está decidido. No me ha respondido ningún mensaje, pero según Lucifer ha ido a casa de su mamá. Me visto súper linda, con una falda plisada beige, recuerdo que a su madre le encanta así que puede jugar a mi favor si por casualidad ella está presente y decide intervenir. A menos que Leo le haya contado todo, en ese caso espero ni verla, qué vergüenza. Bueno, tomo un Uber y en cuestión de minutos estoy en la puerta del edificio tocando el intercomunicador. Después de unos segundos me responde la madre, qué vergüenza. Corro como si tuviera siete años otra vez, alejándome de la condena moral y la ignominia, mi falda ejecuta un vuelo espectacular. Me dirijo a Cosmos, previa parada en el supermercado para comprar tres botellas de pisco, cinco de ginger ale, limones y ocho *six packs* de cerveza. Esta noche inauguramos la muestra de dibujos de juicios, la hemos titulado «Dibujos en proceso (judicial)» y ha tenido bastante cobertura, al parecer nunca se había hecho nada similar. Las chicas han hecho una gran labor de investigación, ubicando ilustraciones de juicios que datan de 1900, además de hallar a un dibujante de 84 años que se dedicó un tiempo a esa empresa y hará retratos de la inauguración. Hay gente nueva, estamos contentas, haciendo relaciones públicas, conociendo aliados para el futuro sin dejar de saborear chilcanos de pisco. Cuando voy en el tercero llega

Leo, se ve limpio, puede que se haya arreglado especialmente para venir a verme, igual que yo hace unas horas. Hacemos contacto visual, sonríe de un modo extraño, como fingido, y se pone a recorrer la muestra. ¡¡Qué pesado!! Muero por hablarle y él ahí mirando con detenimiento los estúpidos dibujos. Paciencia, me digo, y como un eco me lo repiten Lucifer y Avey, que de pronto están a mi lado, tan chismosas. Les pido bajito que se larguen porque sé que Leo ya va a venir a mí. Desaparecen en cuestión de microsegundos de modo casual y preparo mi posición, me apoyo contra la pared, reviso el celular para que no piense que estoy esperándolo, intento no sentirme borracha. Casi siempre me emborracho en estos eventos y a Leo no le agrada, si hubiera sabido que venía me hubiera medido un poco. Tengo que guardar la compostura y no permitir que el alcohol inflame mis sentimientos. Los nervios me están ganando. Afortunadamente Marina desde una esquina me hace unas muecas raras y me relajo un poco. Cuando Leo aparece a mi lado me estoy riendo de Marina bizqueando.

—¿De qué te ríes?

—(...)

—¿Ya estás borracha? —me pregunta, visiblemente ebrio.

—No. ¿Tú sí?

—No —responde, visiblemente ebrio.

—No sabía que ibas a venir… me alegra mucho verte.

—Yo tampoco sabía que iba a venir, ja, ja, ja —ríe de modo grosero. Algunas personas voltean a mirarnos.

—¿Quieres ir a la oficina para conversar?

—No. No quiero conversar contigo —dice con amargura y sin mirarme.

—Qué pena… a mí sí me gustaría —intento hacer contacto visual inclinando mi cabeza—. Entonces, ¿qué quieres? ¿puedo ayudarte en algo?

—Quiero tirar contigo.

Nos revolcamos furiosamente en nuestra cama, estoy feliz y él parece enajenado, entre extasiado y enojado, hace ruidos que nunca escuché, bufidos casi animales. Como cuando comemos un pedazo de alimento después de que cae al suelo, nuestro romance sabe mejor después de caer a lo más bajo, bendecido por la conciencia de su propia fragilidad. Renovamos las promesas de amor, nos abrazamos fuerte. En mi orgasmo veo solo mariposas amarillas revoloteando sobre un campo de azucenas y lloro de felicidad. Cuando él llega al orgasmo, una vez más, desaparece, se esfuma del universo como lo conocemos y quedo sola en medio de la nada.

Es gracioso, aunque es típico decir que los hombres desaparecen después de acostarse con una mujer, esto es único y demasiado. Presiento que está cerca, en algún lugar, pero nunca me cuenta a dónde se va. Regresa como si hubiera experimentado un viaje astral, con la cara desencajada y la boca sellada. Solo quiere dormir. ¿Cómo puedo vivir con eso? «Realmente el Superhombre brilla por un momento en la noche de los siglos y luego desaparece, se vuelve invisible para el hombre». Tiene derecho a no confiar en mí después del engaño, sin embargo, su secreto es igual de inmenso y abisal. Una dimensión completa de su vida que me oculta. Yo no sé qué hace ahí, aunque sea solo unos segundos. Puede que en otra dimensión esos segundos sean años, que tenga otra pareja, hijos, qué sé yo. Tenemos un problema de falta de comunicación, es muy claro.

Interrumpiendo mis elucubraciones, Leo se materializa de regreso en la cama desnudo y me abraza.

—Buenas noches, amor —como si nada, se duerme. Minutos después, comienza a roncar. Yo no logro dormir.

42. El árbol

A las cinco de la mañana, mientras veo una serie que me recomendaron en Netflix, llego a la conclusión de que es mejor estar sola ahora. Despierto a Leo con gran dificultad y, muy tranquila, le comunico mi decisión. Intenta hacerme cambiar de opinión, los papeles se han invertido. Le explico que no puedo confiar en él y él tampoco confía en mí y así no tiene sentido continuar. Tal vez más adelante podamos intentarlo...

—Anoche estuve en la cima de un árbol.

—¿Qué?

—Si quieres saber a dónde voy cuando desaparezco puedo contarte eso, anoche aparecí calato en la copa de un árbol.

—¡¿Y qué hacías ahí?!

—¡Nada! Me tuve que esconder hasta que regresé a la cama.

—¿Y todas las otras veces?

Se tapa la cabeza con la almohada y responde con voz ahogada:

—No las anoté, no soy como tú...

Me levanto y me visto, Leo continúa durmiendo. Salgo a la calle.

43. La teleología del placer sexual

Está amaneciendo, es agradable este silencio, incluso los pasos de los corredores madrugadores son callados gracias a la goma blanda del calzado especial. La panadería está cerrada. Doy una vuelta por la calle Cora, la máquina de Daemon está en el garaje. Me acerco a ver el menú y siguen los mismos temas, asuntos que ahora me resultan bastante familiares. La vecina gorda está durmiendo en el suelo del patio, creo que es adicta a alguna sustancia, espero que se mejore. Miro hacia la ventana de arriba y evoco a Ámbar asomándose, sonrío al recordarla cantando canciones de moda. De pronto, escucho un ladrido y volteo alerta: de la sombra de un auto sale Rubí, la perrita perdida, hace unos estiramientos y comienza el día como si nada, como si no supiera que está perdida, como si nada estuviera perdido. Entonces pienso que el futuro puede remediarse. Parece que me reconoce, parece que viene hacia mí.

Fuentes

Varios de los textos mencionados en este libro provienen, algunos con ligeras modificaciones, de las siguientes fuentes:

Aun Weor, Samael (V. M.). *Introducción a la Gnosis.* Disponible en: https://www.samaelgnosis.net/libros/htm/introduccion_gnosis/index.htm

Biblioteca Gnóstica. V. M. Samael Aun Weor: http://www.samaelaunweor.org

Biblioteca Pléyades: www.bibliotecapleyades.net

Gnosis - Conócete a ti mismo: www.facebook.com/gnosisconoceteatimismo/

Gnosis Miami: www.gnosismiami.org

Maritza Villavicencio. La Mula: maritzavillavicencio.lamula.pe

Melinda Gardiner: melindagardiner.com

Patricia Gómez Silva. Despertando a una nueva consciencia: patriciagomezsilva.com

Pijamasurf: pijamasurf.com

Shurya: www.shurya.com

Tantra Nueva Tierra: tantranuevatierra.com

Verástegui, Enrique (2013). «[Despliegue —II (fragmento)]». *Monte de goce,* en *Splendor.* México: Kodama Cartonera, 2.0.1.3. Editorial y AEMAC., pp.63-64.

Wikipedia: wikipedia.org

Agradecimientos

A lxs amantes cósmicxs, por iluminarnos juntxs.

A internet, los portales místikos y Pijamasurf, por liberar la información.

MAPA DE LAS LENGUAS UN MAPA SIN FRONTERAS 2021

LITERATURA RANDOM HOUSE / ARGENTINA
No es un río
Selva Almada

ALFAGUARA / MÉXICO
Brujas
Brenda Lozano

LITERATURA RANDOM HOUSE / ESPAÑA
Todo esto existe
Íñigo Redondo

LITERATURA RANDOM HOUSE / URUGUAY
Mugre rosa
Fernanda Trías

ALFAGUARA / COLOMBIA
El sonido de las olas
Margarita García Robayo

LITERATURA RANDOM HOUSE / COLOMBIA
Estrella madre
Giuseppe Caputo

LITERATURA RANDOM HOUSE / PERÚ
Mejor el fuego
José Carlos Yrigoyen

ALFAGUARA / ARGENTINA
Todos nosotros
Kike Ferrari

ALFAGUARA / CHILE
Mala lengua
Álvaro Bisama

LITERATURA RANDOM HOUSE / MÉXICO
Tejer la oscuridad
Emiliano Monge

ALFAGUARA / ESPAÑA
La piel
Sergio del Molino

LITERATURA RANDOM HOUSE / CHILE
La revolución a dedo
Cynthia Rimsky

LITERATURA RANDOM HOUSE / PERÚ
Lxs niñxs de oro de la alquimia sexual
Tilsa Otta

Papel certificado por el Forest Stewardship Council®